Alice in
愛麗絲夢遊仙境
Wonderland
親子
圖文本

在夢幻的奇遇世界裡漫遊

《愛麗絲夢遊仙境》展現的是一個充滿孩童般奇思妙想的夢幻世界，其中妙趣橫生、虛幻而神奇的故事內容，構成了這部雋永的兒童文學經典。作者是英國著名作家路易斯．卡羅（Lewis Carroll），他出生在英國一個牧師家庭裡，本名是查爾斯．路特維奇．道奇森（Charles Lutwidge Dodgson），而路易斯．卡羅是他的筆名。

卡羅於一次偶然的機會，認識了亨利．利德爾（Henry Liddell）校長，並且很快和他們全家成為了好朋友，在所有的小孩子當中，他最喜歡的一個小女孩，名字就叫「愛麗絲．利德爾」。

某天下午，孩子們纏著卡羅要他講故事，於是他就以愛麗絲為主角，隨口編出了「愛麗絲奇遇記」。之後，愛麗絲要求卡羅把講過的故事寫下來，於是他寫了一篇《愛麗絲地底之旅》的手稿，在耶誕節前夕寄給了她。

幸運的是，這篇手稿後來被一位名叫亨利．金斯萊的兒童文學作家看到，他特地託人建議卡羅將稿子再做修改。一年後，《愛麗絲夢遊仙境》順利出版上市，卡羅也因此一舉成名。後來，他又繼續寫了《愛麗絲鏡中奇遇》。直到作者逝世時，這兩本書已經成為英國最暢銷的兒童讀物。

一百多年來，《愛麗絲夢遊仙境》已經有了至少八十多種語言的譯本，同時，它也被人們無數次的改編成戲劇、電影、芭蕾舞、動畫片等藝術形式，可說是世界上流傳最廣、影響最大的兒童小說之一。

人物介紹

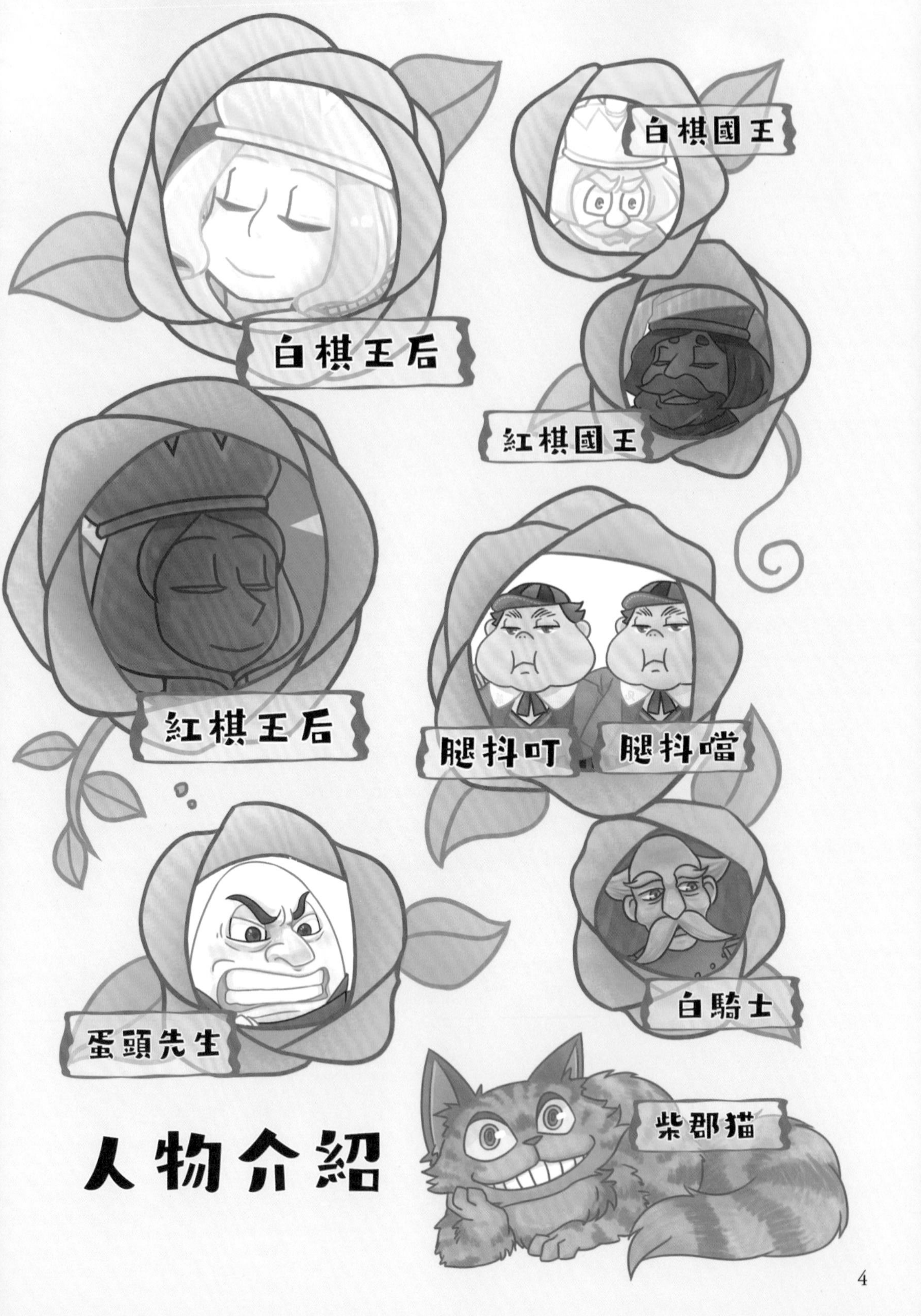
白棋王后
白棋國王
紅棋國王
紅棋王后
腿抖叮
腿抖噹
蛋頭先生
白騎士
柴郡猫

愛麗絲
蜥蜴比爾
Alice
in
Wonderland
白兔先生
毛蟲先生
紅心國王
三月兔
瘋帽匠
紅心王后

目錄

在夢幻的奇遇世界裡漫遊 2
人物介紹 4
1 兔子洞與眼淚池 8
2 瘋狂的茶會 30
3 愛麗絲的證詞 54

4 鏡子裡的房間 80
5 叮噹兄弟 106
6 愛麗絲女王 130

DIY真有趣
你的胖兔兔好朋友 28
下午茶時間
美味又可口的下午茶點心 52
占卜自己來
神奇的磨菇占卜 78
DIY真有趣
襪～～可愛的兔子娃娃！ 102
髮型大變身
我也是愛麗絲 128
DIY真有趣
想一想，說一說 152

1 兔子洞與眼淚池

午後，愛麗絲和姊姊坐在河邊看書，她無聊的偷看著姊姊手上的書，心想：「真無聊！書裡沒有插圖，有什麼意思呢？」

天氣真的好熱，愛麗絲覺得好睏……忽然，一隻粉紅色眼睛的白兔跑過她身邊，一開始，她並沒有感到奇怪，直到聽見兔子開口說話。

「哦，親愛的，我遲到了。」兔子從口袋拿出懷錶看了看，又匆匆忙忙跑走了。

愛麗絲從來沒看過穿著背心的兔子，更別說是會看懷錶，還自言自語的兔子了。她跳了起來，快速穿過田野，看見兔子跳進矮樹下的一個大洞，趕緊跟著跳了進去，結果，掉進了一個深井！

「我會掉到什麼地方啊？」愛麗絲往下看，底下一片漆黑，而四周牆壁上都是碗櫥、書架和一些圖畫。

「也好，」愛麗絲心想，「今天從這麼高的地方往下掉，以後就算從樓梯上滾下來也不用害怕了！」

掉啊，掉啊，像個無底洞似的，愛麗絲大喊：「我一定離地球中心不遠了！不知道會不會穿過地球呢？」

一直掉啊，掉啊，讓愛麗絲無聊得想睡，於是開始進入夢鄉。這時，「砰」的一聲，她掉到一堆枯葉上，而且幸運的沒有摔傷。愛麗絲馬上站了起來，眼見前方是一條很長的走廊，那隻白兔正急

著向前跑。

愛麗絲像一陣風似的追過去，在轉彎的地方，聽到兔子說：「哎呀，我的耳朵和鬍子呀，太遲了！」

但是，愛麗絲跟著轉彎後，兔子又不見了，只剩自己站在一個又長又低的大廳，四周全是上鎖的門，被困住的她氣急敗壞的走到中央，心想：「這下怎麼出去呢？」

這時，愛麗絲看到一張玻璃的三腳茶几，上面擺著一把非常小的金黃色鑰匙。聰明的她很快發現一個矮布簾的後面還有一扇小門，於是用小鑰匙開了門，並跪了下來，只見門外是一條比老鼠洞還小的走廊，從走廊望出去，是一個很漂亮的花園。愛麗絲真的很想去那漂亮的花園裡玩耍，可是門實在太小，小得連頭都很難鑽出去。

「真希望能縮成小人呀！我想一定有辦法可以變小，只是還不

知道那是什麼方法。」經過一連串稀奇古怪的事，愛麗絲已經認為沒有什麼事是不可能的。

於是，愛麗絲又回到桌子旁，這才突然注意到桌上多了一個小瓶子。

「我敢確定，這個小瓶子剛才一定不是放在這裡。」

愛麗絲仔細一看，瓶口上綁著一張小紙條，上面印著「喝我」兩個大字。

「不行，我要先看清楚，萬一喝了有毒的

藥水，那就倒楣了。」雖然非常好奇，但愛麗絲還是先確認瓶子上沒有「毒藥」的字眼後，才一口喝下，裡頭混著櫻桃餡餅、奶油蛋糕、鳳梨、熱奶油麵包的味道，讓愛麗絲覺得很好喝。

結果，愛麗絲變成只有十英吋高，在確定沒有繼續變小後，就決定馬上到花園去。但是，真是太糟糕了！她走到門口時才發覺忘記帶上那把小鑰匙。

愛麗絲回到桌前準備拿走鑰匙，卻因為變得太小而沒法成功。她試著攀爬

桌腳往上，只是桌腳非常滑，一次又一次的滑下來，這個可憐的小女孩就坐在地上哭了起來。

哭了一會，剛停止哭泣的愛麗絲，眼光落在桌底的一個小玻璃盒。打開一看，裡面有塊精緻的小點心，上面用葡萄乾鑲嵌著「吃我」兩個字。

「好，我就吃它。」愛麗絲說，「如果吃了會變大，我就能拿到鑰匙；如果我變得更小，就可以從門縫下面爬過去。不管怎麼樣，我都可以去到那個花園。」

愛麗絲雖然滿不在乎的對自己這樣說，不過，才吃了一小口她就急著用手摸頭，想知道自己會變成什麼樣子。可是非常奇怪，她一點也沒變，於是她又繼續把整塊點心吃完。

突然，愛麗絲「啊」的一聲，嚇得說不出話來，因為她低頭發

現，自己的腳已經遠得快看不見了，而且頭還撞到了大廳的屋頂。現在，她至少有九英呎高，可以毫不費力的拿到小鑰匙，可是，她卻進不去花園，只能側著身子躺在地上。於是她又哭了，眼淚沒多久就把半個大廳都變成了水池。

過了一會，愛麗絲聽到遠處傳來輕微的腳步聲，於是急忙擦乾眼淚想看看是誰來了。原來，那隻白兔又回來了，他一手拿著大扇子，一手拿著羔羊皮手套，自言自語的說：「唉！如果我害公爵夫人等太久，她可千萬別生氣呀！」

當白兔靠近愛麗絲身邊時，她試著尋求幫忙，怯生生的說：「抱歉，先生……。」沒想到卻嚇到了兔子，只見他扔掉手套和扇子，拚命朝暗處跑去。

失望的愛麗絲頓時覺得屋內很熱，所以撿起扇子和手套，一邊搧著扇子，一邊自言自語。突然，她不經意發現自己手上戴著兔子的手套，變得大約只有兩英吋高，而且還在迅速縮小。

「天啊！我又變小了！」愛麗絲馬上想到是那把扇子造成的，於是馬上扔掉扇子。謝天謝地，幸好扔得快，不然她就要消失了。

「現在可以去花園了！」愛麗絲念頭一轉，高興的飛奔到小門前，只是，運氣太差了，門又鎖上了，小鑰匙也回到了玻璃桌上。

忽然，愛麗絲腳下一滑，「撲通」一聲跌入鹹鹹的水中。她原本以為自己掉進海裡，但一下子就明白了，這池子裡是她變大時所流下的眼淚。

「真希望我當時沒哭得那麼厲害！現在我就快被眼淚淹死啦！」當愛麗絲急著想找條路游出去時，她聽到不遠處傳來划水聲，她向前游去一看，原來是一隻老鼠，他和自己一樣都是滑進水裡來的。於是，愛麗絲就說：「嘿，老鼠！你知道怎樣才能從池子游出去嗎？」

老鼠非常不解的看著愛麗絲，好像還向她眨了眨小眼睛，可是卻沒有說話，於是她跟在老鼠後面，由老鼠領著路，後面還跟了一大群鳥獸，有小鷹、渡渡鳥、鴨子、鸚鵡，還有一些古怪又稀有的動物，

一起往岸邊游去。

上了岸，這一大群動物全都東倒西歪，濕答答的，狼狽極了。現在，對大家來說，最重要的是怎麼把自己弄乾。他們認真討論了一下，最後，老鼠喊道：「你們全都坐下，聽我說，我很快就會把你們弄乾的！」於是，他們立刻坐下，圍成一個大圈圈。

「嗯，」老鼠站在大家圍成的大圈圈裡，「你們全都準備好了嗎？我要開始講故事了，希望大家最好安靜點！故事一開始是這樣的……。」

許久之後，愛麗絲有些憂鬱的說：「你講這些根本就不能把我弄乾，我現在還是一樣濕，就快要感冒了。」

「在這種情況下，我提議休會，並立刻採取更有效的方法。」渡渡鳥站起來，非常認真的說，「我是說，要把濕衣服弄乾，最好的辦法是來個圓桌會議式的賽跑。」

「什麼是圓桌會議式的賽跑？」愛麗絲問。她原本不想多問，不過，因為渡渡鳥說到這裡就不說了，好像在等別人發問，可是偏偏沒有人問他。

「最好的說明辦法就是我們親自做一次。」渡渡鳥說完在地上畫了個圓圈狀的比賽路線，要大家自由在裡頭跑步，而且不用說「開始」，誰想開始就開始，誰想停下就停下。於是他們跑了將近半個小時，衣服差不多都乾了。

這時，渡渡鳥高聲喊道：「比賽結束了！」一聽到這話，大家都氣喘吁吁的擠過來問誰贏了。最後，渡渡鳥說：「所有人都贏了，並且都有獎品！」

「可是，誰給獎品呢？」大家齊聲問。

「當然是她啦！」渡渡鳥用手指著愛麗絲。於是，這一大群動物立刻圍住了愛麗絲，七嘴八舌的討獎品！

愛麗絲真不知道該怎麼辦，無可奈何的把手伸進了口袋。嘿！正好拿出了一盒糖果，更幸運的是，糖果並沒有被淚水浸濕，於是，她把糖果當作獎品發給大家，大家馬上歡呼起來。

吃糖果時又引起了一陣喧嘩，大鳥們埋怨還沒嘗到味道糖就消化了，小鳥們則被糖給噎著了，還得別人趕緊幫他們拍拍背。

終於，糖果都吃完了，但大家也都找各種藉口走掉了，只留下愛麗絲一個人孤伶伶的沒人理，於是憂鬱的愛麗絲突然想念起自己養的貓。

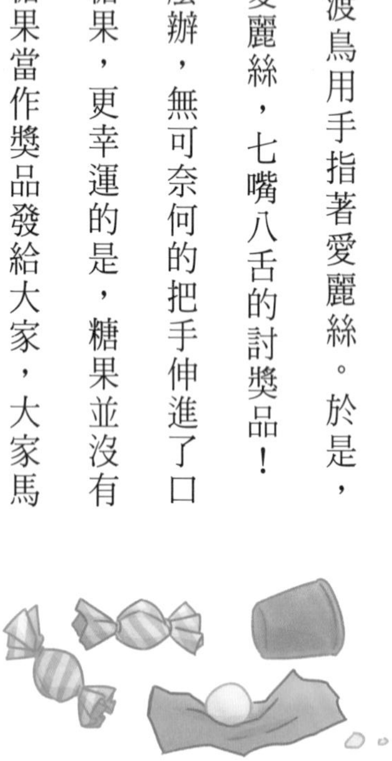

「我親愛的黛娜，真不知道什麼時候才能再看到你呢！」說到這

裡，可憐的小愛麗絲又留下眼淚了，她感到非常寂寞。

過了一會，愛麗絲又聽到不遠處傳來了腳步聲，她抬起頭，想看看是誰來了，結果那隻白兔又出現了。

只見白兔焦急的在剛才走過的路上尋找什麼，好像弄丟了什麼東西。而且愛麗絲還聽到他低聲嘀咕著：「唉！到底掉在哪裡呢？公爵夫人一定會砍掉我的頭啊！」

愛麗絲馬上就猜到，兔子是在找那副羔羊皮手套和大扇子。於是，她也好心的到處尋找，但就是找不著。自從她從池子出來以後，一切都變了，就連那個有著玻璃茶几和小門的大廳也消失了。

沒多久，兔子看見愛麗絲，很生氣的向她喊道：「瑪麗安，你在外面做什麼呢？馬上回家給我拿一把扇子和一副手套來。快點！」愛麗絲害怕得要命，來不及多做解釋，便趕緊照他指的方向跑去。

「他好像把我當成他的女僕了。」愛麗絲說著就來到一幢整潔的小房子前，門上掛著一塊明亮的黃銅牌子，上面刻著「白兔先生」。她沒敲門就走了進去，匆匆忙忙跑上樓，生怕碰上真的瑪麗安，然後在那裡的小房間裡，發現靠窗的桌上有一把扇子和兩、

三副很小的羔羊皮手套，她便拿起扇子和一副手套。

正當她要離開時，目光卻落在鏡子旁的一個小瓶子上。這次瓶子上沒有「喝我」的標記，可是愛麗絲卻拔開瓶塞就往嘴裡倒，因為她想：「我每次只要吃過、喝過一點東西，都會發生奇妙的事。所以我真希望它可以讓我長大。說實話，我就這麼一點大，真是討厭極了。」

結果比愛麗絲期望的還要快，她還沒有喝到一半，頭就已經頂到天花板了。她急忙扔掉瓶子，但是看起來似乎太遲了！她繼續長啊……長啊！過了一會兒，她只能跪在地板上了。一分鐘後，她不得不躺下，用一隻手臂撐在地上，一隻手臂抱著頭了。最後她只得把一隻手臂伸出窗子，一隻腳伸進煙囪。

幸好，這個小魔術瓶的效用終於發揮完了，她不再繼續長大，可是，愛麗絲的心裡很不舒服，因為現在想從這個房子出去根本是不可能了。

「瑪麗安！瑪麗安！」幾分鐘後，愛麗絲忽然聽到門外傳來兔子的聲音，「趕快把手套拿給我。」

緊接著聽到樓梯上傳來一連串的腳步聲。愛麗絲知道兔子來找她了，可是她忘了自己現在已經比兔子大了一千倍，所以還是嚇得發抖，而屋子也因顫抖搖晃了起來。兔子到了房門外，想推門進去，可是愛麗絲的手臂正好抵著門，兔子根本就推不動，所以打算從窗子爬進去。

愛麗絲聽到兔子的計畫後，便伸手在空中抓了一把，只聽一聲尖叫後，傳來了兔子惱怒的聲音。過了一陣子，愛麗絲聽見許多人說話的喧鬧聲，其中兔子要一個叫比爾的小夥子從煙囪下去。

白兔先生

「比爾就要從煙囪下來了。」愛麗絲對自己說，然後把伸進煙囪的腳縮了一下，等到感覺有小動物靠近時，她就狠狠的踢了一腳。

結果，她聽到一片叫喊聲：「比爾飛出來啦！」然後是兔子的聲音：「快一點，籬笆旁邊的人，趕快抓住他！」

接著安靜了一會，又是一陣鬧烘烘的聲音：「抬起他的頭……，快，白蘭地……別嗆著他！老夥伴，怎麼樣了？」

「唉，謝謝你，我已經好多了……我不知道那是什麼東西，但就像驚喜盒一樣，一打開盒子就有玩偶人彈了過來，所以，我就像火箭一樣飛了出來！」一個微弱尖細聲音說完，又是一陣無聲息的沉靜。

過了一兩分鐘，才又有動靜了，愛麗絲聽到兔子說：「先用一車就夠了。」

「一車什麼呀？」愛麗絲還來不及多想，小石頭就像暴雨般從窗子扔了進來，有些小石頭還打在她臉上。

「我必須讓他們住手！」愛麗絲對自己說，然後大聲叫喊：「你們最好別再這樣做了！」接下來又是一片沉寂。

這時，愛麗絲突然注意到，那些掉到地板上的小石頭都變成了小點心，她腦中立刻閃過一個聰明的念頭：「現在我已經不可能再更大了，如果我吃一塊，那麼，它一定能把我變小。」

於是，愛麗絲吃了一塊點心，馬上明顯的縮小了。在她縮到剛好能夠穿過門的時候，她趕緊跑出了屋子。只見一群小動物都守候在外邊，而那隻可憐的小蜥蜴——比爾——就在他們中間，由兩隻豚鼠攙扶著。這群小動物在愛麗絲出現的瞬間，全都衝了上來，所以愛麗絲只能飛快的跑，才總算甩掉他們，安全的來到一個茂密的樹林裡。

3 把襪子翻回正面，塞入棉花。

4 兩隻耳朵靠攏，縫在一起，
讓造型更有立體感。

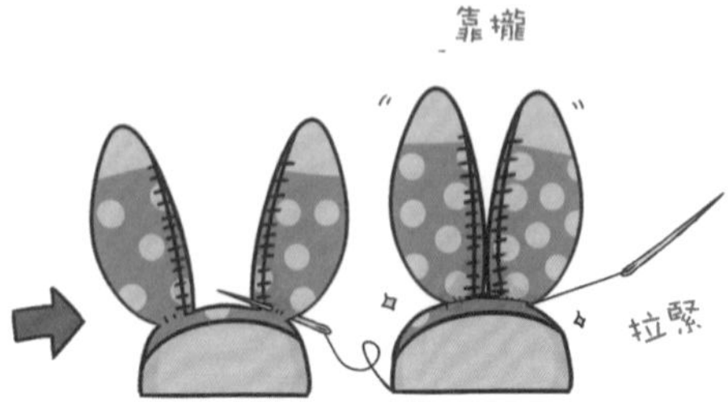

5 剪去多餘的襪子長度，按照 ① ② ③ ④ 順序，將底部縫合。

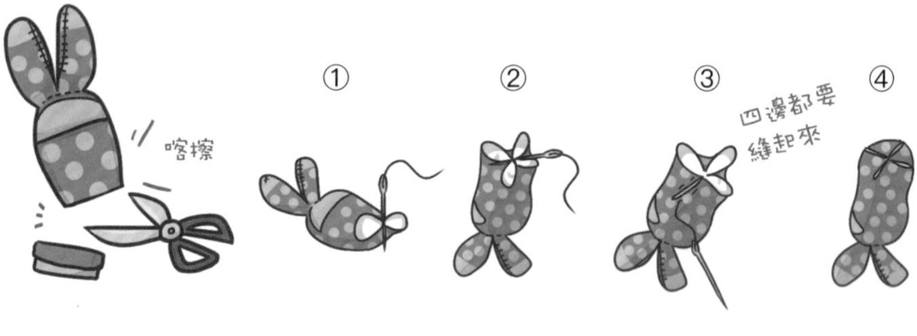

6 用針線幫兔子縫出臉部表情。

7 色鉛筆在臉部塗上一些腮紅，也可以
在耳朵上縫些可愛的裝飾。

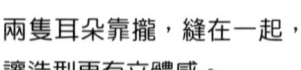

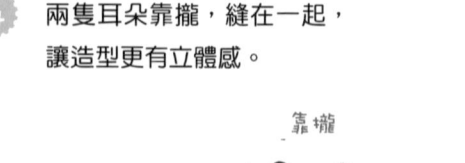

DIY 真有趣

胖兔兔好朋友

親愛的小朋友，只要一隻襪子，再加上少許的裝飾描繪面部表情，就可以縫出圓滾滾又可愛的胖兔兔喔！

材料

襪子一隻

棉花

裝飾物少許

1 將襪子的裡面外翻出來，在襪子的上方剪成兩隻耳朵形狀。

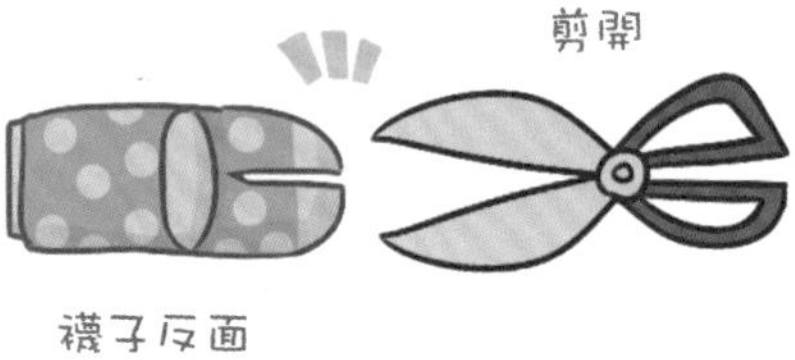

2 沿著剪開的地方縫合。

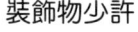

2 瘋狂的茶會

「現在最重要的，就是先把自己變回正常的大小。」愛麗絲獨自站在樹林中喃喃自語。

「但我該怎樣才能再長大一點呢？也許……我應該再吃一點什麼或喝一點什麼。」

愛麗絲看看四周，只見離她不遠處長著一個大蘑菇，於是她踮起腳尖，沿著蘑菇的邊緣往上看，突然看到一隻藍色的大毛毛蟲，正環抱著手臂坐在那，靜靜吸著一根很長的水菸管。

愛麗絲問毛毛蟲，知不知道吃什麼才會使人變大一些，毛毛蟲

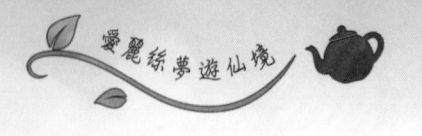

慢吞吞的問：「你想變多大呢？」

「我只想再大一點。現在只有三英吋高，真是太可憐了。」愛麗絲說。

「這是很合適的高度耶！」毛毛蟲挺直身體，正好就是三英吋。

愛麗絲見毛毛蟲生氣了，不敢再多說。

過了一兩分鐘，毛毛蟲打了個哈欠，從蘑菇上下來，向著前方草地爬去。在他爬的時候，順口說了一句：「一邊可以讓你長高，另一邊可以讓你變矮。」

「是什麼東西的一邊，又是什麼東西的另一邊？」愛麗絲想。

「蘑菇。」毛毛蟲好像知道愛麗絲的疑問似的，但說完這句話，毛毛蟲就瞬間消失不見了。

愛麗絲仔細觀察圓圓的蘑菇，想要找出哪裡才是它的兩邊。最

後，她決定張手抱著蘑菇，從兩端用手分別掰了一塊蘑菇。

愛麗絲試著咬了一口右手的蘑菇，突然，她的下巴猛烈的碰到了腳背，身體就快要縮成一團了。這突如其來的變化使她受到驚嚇，愛麗絲趕緊把左手的蘑菇也咬了一點。

「啊！我的頭自由了！」愛麗絲興奮大喊，可是瞬間又變成了驚嚇。當她往下看時，只能看見自己的長脖子像高樹幹一樣的聳立在整片綠色樹海裡，肩膀和手都已經看不到了。她只能費力的往樹林裡蹲，讓脖子盡可能靠近雙手，然後趕緊咬咬左右兩塊蘑菇，小心的左邊咬咬，右邊咬咬，一會長高，一會縮小，最後才讓自己變回正常的高度。

「我總算變成原來的大小了，現在我該去

那個美麗的花園了。」愛麗絲說著說著來到一片很開闊的地方，這裡有一間四英呎高的小房子。

「我現在這麼大，走進去一定會嚇壞他們的。」愛麗絲心想，於是，她咬了一點右手的蘑菇，等自己縮小成九英吋高才朝小房子走過去。

站在小房子前，愛麗絲看到一個穿著制服、長得像魚的僕人從樹林裡跑來，用力踢著門。然後，另一個穿著制服、有著青蛙般大眼睛的圓臉僕人開了門。

愛麗絲從樹林裡探出頭來，只見魚僕人把一個跟他一樣大的信封交給青蛙僕人，並用非常嚴肅的語調說：「致公爵夫人：紅心王后邀請她去玩槌球。」

青蛙僕人接過信封，用同樣嚴肅的語調說：「紅心王后的邀請：

請公爵夫人去玩槌球。」然後，他們對彼此深深鞠了個躬。

魚僕人離開後，青蛙僕人坐在門口，看著天空發呆。愛麗絲走到門口，敲了敲門。

「沒用的。」那位僕人說，「他們在裡面吵吵鬧鬧的，根本聽不到敲門聲。」

這時裡面傳來了奇怪的吵鬧聲，然後門突然打開，飛出一個大盤子，差點打中青蛙僕人的鼻子，但他就像什麼都沒發生過一樣。

愛麗絲覺得僕人似乎沒有要幫她，所以自己推開門，走了進去。

這門直接通到一間充滿煙霧的大廚房，裡頭公爵夫人正坐在一個三腳凳上，照顧一個孩子，而廚師正攪拌著火爐上的鍋子，還不停的加入胡椒粉。

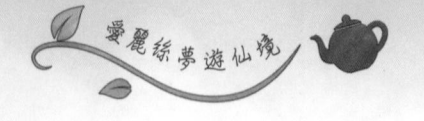

「哈啾！湯裡的胡椒放得太多了！」愛麗絲不停打著噴嚏，公爵夫人也一直打噴嚏，而孩子則是不停的嚎啕大哭。

這時候愛麗絲見

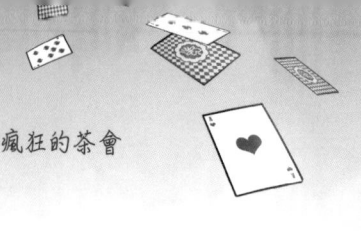

到廚房裡還有一隻大貓趴在爐子旁，正咧著嘴笑。

「請問，為什麼你的貓會笑呢？」愛麗絲小心翼翼的問。

「真是個傻蛋！他是柴郡貓啊！」公爵夫人說，「這就是他為什麼會笑的原因。」

愛麗絲不喜歡公爵夫人的口氣，想換個話題，可是女廚師突然把她隨手拿到的東西扔向公爵夫人和孩子，像是火鉗、平底鍋、盆子、盤子之類的。不過，公爵夫人根本不理會，連打到身上都沒反應，而那個孩子卻是拚命的嚎叫著。

「小心一點！」愛麗絲對女廚師大喊，嚇得心臟不停的跳，「哎喲，他的小鼻子完了！」原來，一個超級大的平底鍋緊擦著孩子的鼻子飛了過去，差點就把鼻子削掉了。

這時公爵夫人走去照料孩子，嘴裡開始哼唱著一首很奇怪的催眠曲，唱到每句的結尾，都要把孩子用力搖晃幾下。

「來！假如你願意的話，可以抱他一會。」公爵夫人邊說邊把孩子扔給愛麗絲。「我要和王后玩槌球去了，需要準備一下。」說著，就匆匆忙忙走出房間了。

那個孩子的樣子很奇怪，眼睛很小，不像個孩子，鼻子朝天，像豬鼻子，手臂和腿還伸向不同的方向。

「他真像海星。」愛麗絲想，「如果我不把孩子帶走，他很快就會被打死的。把他扔在這裡不就是害了他嗎？」

那孩子嘀咕了一聲，愛麗絲不安的看著孩子的臉，想知道是怎麼回事。

「他可能在哭吧？」愛麗絲低頭看看孩子的眼睛，想知道他是不是在流眼淚。可是沒有，根本就沒有眼淚。

愛麗絲帶著孩子離開，走了一會兒，突然想到：「我回家後應該把這小生物怎麼辦呢？」這時，孩子大聲嘀咕一聲，愛麗絲馬上低頭看他，這次她看得很清楚，他根本不是孩子，而是一隻小豬。

愛麗絲覺得自己如果再帶著他就很可笑了，於是她把這小生物放下，看著他很快的跑進樹林裡。

忽然，那隻柴郡貓出現在幾公尺遠的樹枝上，這可把愛麗絲嚇了一跳。

「柴郡貓？」愛麗絲一叫，他就咧開嘴笑著，看起來是隻脾氣很好的貓，「請你告訴我，

如果我想離開這裡，應該走哪一條路？」

「這要看你想上哪兒去。」貓說。

「在這附近有些什麼？」愛麗絲說。

「在這個方向，」貓說著，把右爪子揮了一圈，「住著一個帽匠。」然後又揮動另一個爪子，「那個方向，住著一隻三月兔。你喜歡找誰就找誰，不過他們倆都是瘋子。」

「我可不想到瘋子那裡去。」愛麗絲回答。

「那就沒辦法了。」貓說，「我們這裡全是瘋子，我是瘋的，你也是瘋的。」

「你怎麼知道我是瘋的？」愛麗絲問。

「一定是的，要不然你就不會到這裡來了。」貓說，「你今天和王后玩槌球嗎？」

「我很樂意玩槌球，」愛麗絲說，「可是她們還沒有邀請我！」

「嗯……你會在那兒看到我！」說著，貓就突然消失了。

可是愛麗絲並不覺得奇怪，她已經習慣怪事不斷發生了。

「順便問一下，那個孩子後來變成什麼了？」突然間，貓又出現了。

「已經變成一隻豬了。」愛麗絲平靜的回答，就好像貓再次出現是很正常的。

「嗯，我一直都認為他會那樣。」說著，貓又消失了。

愛麗絲稍微等了一下，希望還能再看見他，但是他再也沒有出現。於是，她就向三月兔住的方向走去。還沒走多遠，就看見一棟煙囪像長耳朵，屋頂還鋪著兔子毛的房子。

「我敢確定，這一定是三月兔的房子。」愛麗絲想。

不過，這棟房子非常大，愛麗絲不敢走近，於是咬了一口之前左手的蘑菇，讓自己長到了兩英呎高，才慢慢走過去。

走近時，她發現在房子前面的大樹下，三月兔和瘋帽匠正坐在桌旁喝茶，他們中間還有一隻睡鼠正在睡覺。

那張桌子非常大，可是不知道為什麼，他們卻都擠在桌子的一角，而且，一看到愛麗絲走過來，馬上就大聲叫嚷著：「沒地方坐了！」

「明明就還有很多地方可以坐啊！」愛麗絲說著，在桌子一端的扶手椅上坐了下來。

「你想喝酒嗎？」三月兔非常熱情的問。

愛麗絲看了一下桌子，只看見茶。

「我沒看見酒啊！」愛麗絲回答。

「我們這裡根本就沒酒嘛！」三月兔說。

「那你還問我，這樣很沒禮貌耶！而且我還不能喝酒啊！」愛麗絲有點不高興。

「你沒受邀就自己坐下來，不是也很沒禮貌嗎？」三月兔露出了調皮的表情回應。

「我不知道這是你的桌子啊，」愛麗絲說，「而且，這桌子還可以坐好多人呢！」

談到這裡，瘋帽匠突然岔開話題：「今天是這個月的幾號？」他一邊問愛麗絲，一邊從衣袋裡掏出懷錶，不安的看著，還不停的搖晃，拿到耳朵旁聽聽。

愛麗絲想了想說：「好像是四號。」

「不對，你錯了兩天！」瘋帽匠嘆息著說，然後突然轉頭，生

10/6

氣的對三月兔說：「我告訴過你不該加奶油的。」

「這可是最好的奶油啊！」三月兔為自己解釋。

「沒錯，可是有不少麵包屑掉進去了，」瘋帽匠碎唸著，「你不該用麵包刀抹奶油的。」

三月兔洩氣的拿起懷錶看了看，然後又放到茶杯裡泡了泡，再拿起來看看。愛麗絲好奇的看著三月兔的懷錶說：「多麼特別的懷錶啊！可以報幾月幾日，卻不能報時間。」

「為什麼要報時間呢？」瘋帽匠嘀咕著。

「我不清楚你說的是什麼意思。」愛麗絲非常有禮貌的說。

「當然，你一定不明白的！」瘋帽匠搖頭晃腦，得意的說，「我敢確定，你從來沒有和時間說過話。」

「可能……也許我還沒有。」愛麗絲小心的回答。

「三月分的時候，我和懷錶吵了一架，」瘋帽匠用茶匙指著三月兔，有些慚愧的搖搖頭說，「也就是他發瘋前，那是在紅心王后舉辦的一場盛大音樂會上，我演唱：『閃閃的小蝙蝠，我感到你是多麼奇怪！』這首歌。」

「我聽過一首歌，那首歌和它有點像。」愛麗絲說。

「後面是『你飛在地面上多高，就像茶盤在天空上。閃啊，閃啊……。』」瘋帽匠繼續說。

睡鼠在睡夢中搖了搖身子，也開始跟著唱起歌：「閃啊，閃啊，閃啊！」他一直唱下去，直到瘋帽匠捅了他一下才停止。

「我還沒有唱完第一段，」瘋帽匠說，「紅心王后就大喊：『他在浪費時間，拉出去，砍掉他的頭！』」

「太殘忍了！」愛麗絲大叫起來。

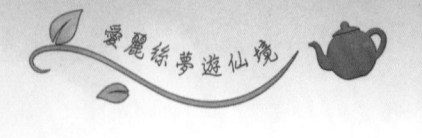

瘋帽匠傷心的繼續說：「從那以後，懷錶總是停在六點鐘。所以現在只剩下喝茶的時間，連洗茶具的時間也沒有了。」

「就因為這樣，你們才圍著桌子轉？」愛麗絲好奇的問。

「沒錯。」瘋帽匠說：「只要茶具用髒了，我們就往下一個位子挪動。」

「可是你們轉回來以後該怎麼辦呢？」愛麗絲繼續追問。

「我們換一個話題吧。」打著哈欠的三月兔，忍不住打斷了他們的談話，「我已經聽煩了，你來說個故事吧！」

「我不會講故事呢。」愛麗絲說。

「那就讓睡鼠講一個！」三月兔和瘋帽匠同時間說道，並在兩邊一起捅他。

「你再多喝一點茶吧！」三月兔對愛麗絲說。

「我一點也沒喝啊，所以你不能說再多喝一點！」愛麗絲有些不愉快。

「你應該說再少喝點，」瘋帽匠說，「沒有什麼……。」

「沒人問你！」愛麗絲打斷了瘋帽匠的話。

「請你回答我，現在是誰失禮了？」瘋帽匠有些得意的問。

這下子愛麗絲不知該怎麼回答了，只好自己倒了點茶，又拿了點奶油麵包，安靜的吃起來。

「我想要一個乾淨點的茶杯。」瘋帽匠突然這麼說：「讓我們移動一下位子吧。」

說著，他就挪到下一個位子上，睡鼠跟著挪了，三月兔也挪到了睡鼠的位子，愛麗絲只好很不情願的坐到三月兔的位子，因為三月兔剛才打翻了牛奶罐。

於是，愛麗絲決定離開，可是鞋匠他們根本就不在意，只顧著把睡著的睡鼠塞進茶壺裡。

「這是我見過最愚蠢的茶會了。不管怎麼說，我以後再也不會去那裡了。」愛麗絲在樹林裡邊走邊說。

「真是太奇怪了！」忽然，愛麗絲看到前面有一棵樹，樹上還有一個門可以走進去。「不過今天的每件事都很奇怪，我還是進去看看吧。」

進去之後，愛麗絲發現自己再次來到那個很長的大廳裡，而且非常靠近那張小玻璃桌。

「哈哈，這是我最好的機會了！」說著，愛麗絲拿起那把金色小鑰匙，打開了花園的門，然後輕輕咬了一口留在口袋裡的蘑菇，等縮到大約一英呎高時，她才走過那條小通道。

現在，愛麗絲終於進入了漂亮的花園，來到美麗的花壇和清爽的噴泉中間。

水果優格

材料

2 盒原味優格、蜂蜜少許、
各種水果切丁

作法

優格先去水分，然後把所有材料
充分攪拌均勻。

＊可以將水果優格盛在透明的玻璃杯中，看起來顏色繽紛很可愛。

鮪魚鹹餅乾小點

材料

10 片原味蘇打餅乾、1 罐水煮鮪魚罐頭、沙拉醬少許、黑胡椒少許

作法

1. 鮪魚肉瀝乾水分，加入沙拉醬及黑胡椒，攪拌均勻，做成鮪魚抹醬。
2. 把適量的鮪魚抹醬塗抹在蘇打餅乾上，就是美味可口的小點。

＊還可以另外將起司片切成適當大小，覆蓋在餅乾上，更增添風味。

鮮果氣泡水

材料

冰的氣泡礦泉水 1,000cc、2 顆檸檬、
蜂蜜適量、各種水果切丁

作法

1. 檸檬榨汁後和蜂蜜、氣泡礦泉水一起倒入冷水壺裡，攪拌均勻。
2. 放入你喜歡的水果丁。

下午茶時間

美味可口的下午茶點心

愛麗絲來到了三月兔和瘋帽匠的午茶派對，過程真是新奇又有趣，親愛的小朋友，現在就讓我們一起來做好吃的點心，跟你的家人、朋友一起來喝下午茶吧！

香蕉巧克力吐司

材料

6 片吐司、3 根香蕉、巧克力醬

作法

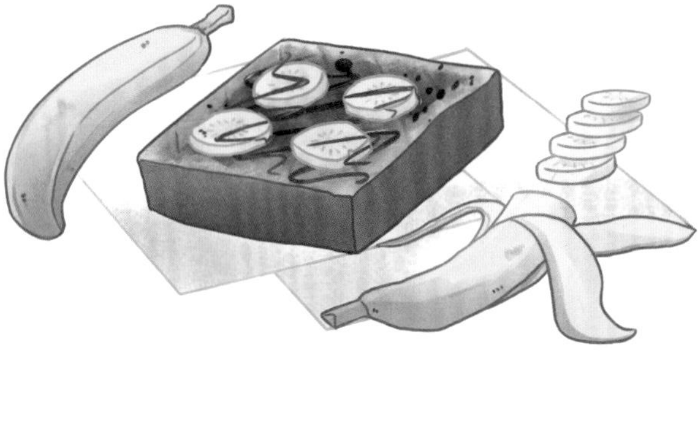

1. 吐司先烤過，再抹上巧克力醬。
2. 香蕉切片，依序排列在吐司上。

＊如果不喜歡巧克力醬，可以改成花生醬，也很美味喔！

3

愛麗絲的證詞

花園裡有棵白玫瑰樹，有三個園丁正忙著把玫瑰花染紅，愛麗絲感到好奇，便走過去問：「請問你們為什麼要把玫瑰花染色呢？」

一個園丁小聲說：「哦，小姐，我們這裡應該種紅玫瑰，可是我們搞錯了，假如被王后發現，我們就會被砍頭，所以正在補救呢。」突然，另一個在旁探視的園丁慌張喊道：「王后來了！」這三個園丁立刻臉朝下趴著。

愛麗絲驚奇的注視著遠方，想看看王后到底是什麼樣子。於是，她先看到十個士兵，手裡拿著狼牙棒，模樣全都和園丁們一樣，全是長方形的平板，手和腳長在板的四角上，身上還有梅花圖樣。緊接著，又來了十名侍臣，這些人身上全都用鑽石的方塊花色裝扮著，和那些士兵一樣，兩個兩個並排著走。侍臣的後面才是王室的孩子們，這些可愛的小傢伙，一對對手拉著手，高興的蹦蹦跳

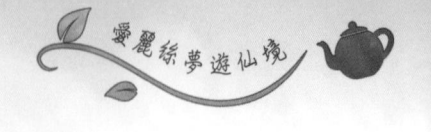

跳，他們全都是用紅桃的紅心裝扮著。

隊伍的後面是貴賓，愛麗絲從中認出了先前的小白兔。接著，她還看到一個雙手捧著王冠的紅心武士，在這龐大的隊伍之後，才是紅心王后和紅心國王。

當隊伍走到愛麗絲面前時，王后向愛麗絲問道：「你叫什麼名字？小女孩？」

「陛下，我叫愛麗絲。」愛麗絲非常有禮貌的回答。

「他們是誰？」王后突然指

著三個園丁問。

「我怎麼會知道呢？這又不關我的事！」愛麗絲說完，對自己不知何來的勇氣感到有些奇怪。

王后氣得臉色通紅，瞪了愛麗絲好一會兒，然後用尖銳的聲音叫喊：「砍掉她的頭！砍掉……。」

這時，國王用手碰了一下王后的手臂，輕聲說：「親愛的，冷靜點，她還只是個孩子啊！」

這時憤怒的王后發現了白玫瑰，便下令要砍掉三個園丁的頭。三個園丁趕緊向愛麗絲求助，她就把他們藏進旁邊一個大花盆裡，於是，士兵到處都找不著，只好跟王后說已經砍掉他們的頭了。

「你會玩槌球嗎？」王后突然問愛麗絲。

「當然會！」愛麗絲大聲回答。

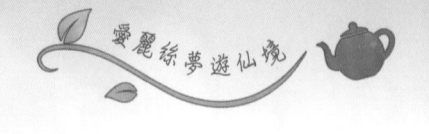

於是愛麗絲加入了這個隊伍，而兔子剛好就在旁邊，於是便問他：「公爵夫人在哪裡呢？」

「噓……，」兔子趕緊制止她，踮起腳尖，把嘴湊到愛麗絲耳邊，輕聲說，「她已經被判死刑了。」

「為什麼？」愛麗絲問。

「她打了王后一個耳光……。」

兔子說完，愛麗絲立刻笑出聲來。

「各就各位！」王后宣告遊戲開始！大家開始朝不同方向跑去，但愛麗絲卻發現球場凹凸不平，槌球是活刺蝟，

而槌球棒則是活紅鶴，還士兵們手腳貼地當球門。

起初，愛麗絲很不習慣，後來才成功用手臂夾住紅鶴，可當她準備打刺蝟時，紅鶴卻把脖子轉過來看她，讓她覺得非常好笑，只好再把紅鶴的頭按下去，準備再打一次，可是這次卻發現刺蝟已經展開身子爬走了，而且當作球門的士兵也不時站起來走來走去。加上許多人在還沒輪到自己時就打起球來了，所以場面亂成一團。

沒多久，王后大發雷霆，跺腳來回走著，

大約每隔一分鐘就喊一次：「砍掉他的頭！砍掉她的頭！」

「這裡的人太喜歡砍頭了！」愛麗絲不安的想，「如果和王后吵架，我會怎麼樣呢？」於是她開始尋找逃走的路。

突然，天空中閃現出一個奇怪的東西，愛麗絲看了一會才確定那是柴郡貓的笑容。

「你好嗎？」柴郡貓剛露出能說話的嘴就問。

愛麗絲跟他聊了一兩分鐘後，柴郡貓的整顆頭都出現了，可是那隻貓好像認為自己出現的部分已經夠多了，也就沒有再露出剩下的身體。

「你在和誰說話？」國王走過來問愛麗絲，並好奇的看著那顆貓頭。

「這是我的朋友柴郡貓。」愛麗絲說。

「我非常不喜歡他的模樣，但是，假如他願意的話，可以親吻我的手。」國王說。

「我不願意。」貓回答。

「真是失禮！必須把這隻貓弄走！」國王用強烈的語氣說完，就向剛走過來的王后喊著：「親愛的，我懇求你來把這隻貓帶走吧。」

對王后來說，解決各種困難的辦法只有一種，「砍掉他的頭！」她看都不看就這樣說著。

「我親自去找劊子手。」國王殷勤的說著，匆匆忙忙的走了。

過了一會，國王帶著劊子手回來了找王后，但三人卻激烈的辯論了起來，並要愛麗絲當裁判。

劊子手說：「只有一顆頭是無法砍掉的，需要有身體。」

國王說：「只要有頭，就可以砍，你只要執行就好！」

王后說：「誰不立刻執行我的命令，我就把誰的頭砍掉！」

愛麗絲沒有辦法解決，只好要他們去問公爵夫人，因為那是她的貓。

「她在監獄裡。」王后對劊子手說，「去把她帶來！」

就在劊子手跑向監獄的時候，貓頭開始消失。當劊子手帶著公爵夫人到來時，貓頭已經完全消失了。

國王和劊子手就像瘋了一樣，跑來跑去四處尋找，其他人則又回去玩槌球了。

「可以再見到你，我是多麼開心啊！我親愛的老朋友！」公爵夫人一看到愛麗絲，就親切的挽著她的手臂一起走。

可是，愛麗絲很不喜歡她靠自己那麼緊，因為公爵夫人十分難看，而且因為身高的關係，她的尖下巴剛好頂在愛麗絲的肩膀上。但是愛麗絲不願意顯得沒禮貌，只好盡可能的忍耐著。

不久，挽著愛麗絲的那隻手臂顫抖了起來，愛麗絲抬起頭來，就看到王后站在她們面前，手臂交叉，臉色陰沉得像大雷雨前的天空。

「現在我警告你！」王后跺著腳叫嚷著，「你要麼滾開，要麼把頭砍下來滾開，你必須選一樣，馬上就選！」

公爵夫人一聽，迅速的離開了。

「現在我們再去玩槌球吧。」王后對愛麗絲說。愛麗絲嚇得不敢吭聲，只好慢慢跟著王后回到槌球場。

可是在進行整個槌球遊戲時，王后不時和別人吵嘴，叫嚷著「砍掉他的頭」或「砍掉她的頭」。過了大概半個小時，除了國王、王后和愛麗絲之外，其餘參加槌球遊戲的人都被判了砍頭，而且被關起來了。

累得上氣不接下氣的王后停了下來，對愛麗絲說：「走吧，帶你去看看假海龜。」

愛麗絲從來沒聽過也沒見過假海龜，於是就跟王后走了。

當她們正要離開時，愛麗絲聽到國王輕聲對客人們說：「你們都被赦免了。」愛麗絲覺得這是一件好事，因為她看到王后判了那麼多人砍頭，心裡十分難過。

愛麗絲和王后很快就遇到一隻正在太陽下睡覺的鷹頭獅，王后命令他帶愛麗絲去看假海龜後，轉身就離開了。鷹頭獅看著王后離去，等她消失不見時，便笑了起來。

「你笑什麼？」愛麗絲好奇的問。

「王后呀，從來沒有砍掉過別人的頭。」鷹頭獅說，「這都是她的幻想。」

鷹頭獅很快帶著愛麗絲去見那隻假海龜，只見他孤獨且傷心的坐在一塊岩石的邊緣上。

「他會有什麼傷心事呢？」愛麗絲問鷹頭獅。

鷹頭獅只是淡淡的回答：「這都是他的幻想，他根本就沒有什麼傷心事。走吧。」

當他們靠近假海龜，他的大眼睛裡滿含淚水，鷹頭獅對假海龜說：「這位小女孩很想聽聽你的經歷，她真的非常想聽。」

「我很樂意告訴她。」假海龜用深沉的聲音說，「你們都坐下來，在我講的時候別出聲。」

於是，大家都坐了下來。假海龜歎了口氣，邊哭邊說：「很久以前，我還是一隻真正的海龜……我們小時候都到海裡的學校去上學，我們的老師是一隻老海龜……。」

在假海龜說了很多關於上學的事後，鷹頭獅突然打斷了他的話題。

「上課的事已經談得夠多了。」鷹頭獅語氣堅定的打岔，「還是講點關於遊戲的事吧。」

於是假海龜跟愛麗絲說了關於「龍蝦方塊舞」的事。

「那一定是非常好看的舞。」愛麗絲說。

「你想看嗎？」假海龜問。

「非常想看。」愛麗絲說。

「那我們來跳第一節吧。」假海龜對鷹頭獅說道，於是兩人就跳了起來。

「這組舞蹈真好玩，謝謝你們。」愛麗絲非常開心。

「假如你願意，我們還可以告訴你更多！」鷹頭獅說，「或者，讓假海龜為你唱首歌？」

「好啊，請假海龜唱首歌吧。」愛麗絲非常高興。

可是當假海龜正要唱歌時，就聽到遠處有人大喊：「審判要開始啦！」

「我們也走吧！」鷹頭獅不等假海龜把歌唱完，就牽著愛麗絲的手，匆匆忙忙的跑了。

當他們匆匆忙忙趕到時，紅心王后和紅心國王正坐在王座上，有一個武士站在他們面前，被鏈條鎖著，而武士旁邊各有一名士兵看守著。國王身旁站著兔子，他一手拿著喇叭，一手拿著一卷羊皮紙。

法庭內還坐著十二位陪審員，有的是獸類，有的是鳥類。

「傳令官，宣讀起訴書。」國王宣告說。

兔子吹了三聲喇叭，然後攤開那卷羊皮紙宣讀：「紅心武士偷了紅心王后做的餡餅，匆忙離境！」

「傳第一個證人。」國王說。

兔子吹了三下喇叭，喊道：「傳第一個證人！」

於是瘋帽匠一手拿著一塊奶油麵包，一手拿著茶杯，走了進來，三月兔和睡鼠手挽著手跟在他後面。

國王見狀要求瘋帽匠將點心吃完，並且脫下帽子，但是他太過緊張，讓國王誤會他是偷帽子的小偷。

就在他們說話時，愛麗絲突然發現自己又長大了。

接著，國王要瘋帽匠證明自己不是小偷，可是他岔開了話題，

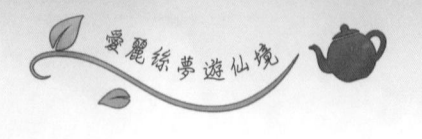

所以國王說：「你可以走了，如果沒有什麼要補充。」

國王剛說出口，瘋帽匠就跑出了法庭，甚至連鞋都顧不得穿上。然後王后就下令要砍掉他的頭，但官員追到大門口時，瘋帽匠已經跑得無影無蹤了。

「傳下一個證人！」國王吩咐。

第二個證人是公爵夫人的廚師。她手裡帶著胡椒盒，剛走進法庭，就讓靠近她的人不斷打噴嚏。

「餡餅是用什麼做的？」國王問。

「大部分是胡椒。」廚師說。

這時睡鼠突然說出「糖漿」，於是王后大喊：「把他趕出法庭，砍掉他的頭！」

好不容易把睡鼠趕出去後，廚師卻失蹤了。國王只好傳喚下一個證人，可是他的頭疼得難以忍受，所以對王后說：「親愛的，下一個證人必須你來審訊。」

正當愛麗絲好奇下一位證人是誰時，突然聽見兔子用刺耳的嗓音喊出自己的名字。

「我在這裡！」愛麗絲趕緊站起來回答。可是她忘記自己已經長大許多，結果裙子掀起一陣風，害得陪審員都翻倒在下面的聽眾頭上。

「對不起，請大家原諒！」愛麗絲一邊不好意思的道歉，一邊把陪審員扶回原位。

等一切恢復平靜後，國王開口問愛麗絲：「你對這個案子了解多少？」

「什麼事都不知道。」愛麗絲回答。

「什麼事都不知道？」國王一邊說著，一邊忙著在記事本上寫東西，接著突然高聲喊道，「肅靜！保持肅靜！」然後看著本子宣讀：「第四十二條，所有身高一英里以上者退出法庭。」

大家都盯著愛麗絲。

愛麗絲說：「我沒有長那麼高喔！」

但是，王后跟國王一致認為她夠高了。

「不管怎樣，我是不會走的。」愛麗絲不服氣的說，「再說，那根本不是一條正式規定，是你臨時發明的。」

「這是書裡最老的一條規定。」國王的態度堅決。

「那也應該是第一條呀！」愛麗絲不以為然地說。

國王聽完臉色發白，趕緊合上記事本，對陪審員說：「請考量一下你們的裁決。」

這時，兔子匆忙跳起來說，剛剛撿到了一封信，有可能是最新的證據，懷疑是罪犯寫的。

「裡面說了些什麼？」王后問。

「不，這不是一封信，」兔子打開折疊的紙說，「是一首詩。」

「是那個罪犯的筆跡嗎？」一個陪審員問。

「不是，這真是非常奇怪的事情。」兔子說完，所有陪審員都感到莫名其妙。

「他一定是模仿別人的筆跡。」國王這麼一說，陪審員全都紛紛點頭表示認同。

但這時，武士開口了：「陛下，這不能證明是我寫的，因為信的結尾沒有簽名。」

「這表示你非常狡猾。」國王說。

於是，周圍響起了一片掌聲，大家都認為這是國王今天所有談話中的第一句聰明話。

王后也說：「沒錯。這證明他就是罪犯。」

「這證明不了什麼！你們根本不知道這首詩寫的是什麼！」愛麗絲說。

國王趕緊命令兔子唸出詩句。兔子戴上眼鏡問：「陛下，從哪裡開始唸呢？」

「從最初的地方開始，一直讀到結尾再停止。」國王很鄭重的說。

兔子唸完了詩句，愛麗絲馬上說：「我認為這些詩根本沒有任何意義。」

因為她已經長得非常巨大，所以她一點也不怕國王和王后。

國王只好請陪審員考量一下他們的裁決，但王后卻要求先宣判再裁決。

「怎麼能先宣判！」愛麗絲高聲說。

「住嘴！」王后氣得臉色都發青了。

「我偏不！」愛麗絲毫不示弱的回答。

「砍掉她的頭！」王后憤怒大叫，可是沒有一個人敢動手。

「誰會理你呀？」這時，愛麗絲已經恢復到原來的身高了。「你們只不過是一副紙牌！」

說完，整副紙牌突然都上升到空中，隨後又飛落在愛麗絲身

上，她嚇得尖叫。當她正要把紙牌扔出去時，卻發覺自己躺在岸邊，頭還枕在姊姊的腿上，而姊姊正輕輕的拿掉落在她臉上的樹葉。

「親愛的愛麗絲，快醒醒。」

姊姊微笑的望著她說：「你看看你，都睡了多久啦！」

「嗯，我做了個奇怪又有趣的夢！」愛麗絲努力回憶著經歷過的一切，並把這些事情告訴了姊姊。

愛麗絲說完之後，姊姊親吻了她一下說：「親愛的，這真是一個奇怪的夢，不過，現在快去喝茶吧，已經很晚了。」

於是，愛麗絲站起來走了，一邊走，一邊還拚命回想，自己做了一個多麼奇怪的夢呀！

愛麗絲走後，姊姊依然靜坐在那，想像著小愛麗絲和她夢中的奇幻經歷，然後自己也漸漸進入了夢鄉。

占卜解析

選擇紅色的你

你很熱情，對周遭的一切事物都感到十分有興趣，但個性有些衝動，常會犯了不必要的錯誤。幸好你不怕受到打擊，就算跌倒了也會很快爬起來。

選擇藍色的你

你是冷靜理智，願意遵守規矩的人，所以你會受到家人和朋友的信賴。只是你比較不輕易將自己的想法讓人知道，別人必須花比較多的時間來了解你。

選擇粉紅色的你

依賴心比較重的你，常常需要有人陪伴在你身邊，才不會感到寂寞。但是你對朋友都很好，所以大家也很喜歡你，只是他們也會希望你再獨立一點喔！

選擇綠色的你

你很知足，也喜歡和平的氣氛，所以是個很好相處的人。但要注意的是，你有些時候會對事情沒有主見，覺得都好都可以，這樣反而會延誤了事情的完成時間喔！

選擇黃色的你

個性明亮開朗，天生樂觀，能感染周遭的氣氛。只是你的精力太旺盛而且好奇心重，常常喜歡挑戰各種嘗試，建議你有時候還是要多聽別人的意見，才不會踢到鐵板喔！

選擇紫色的你

對自己很有自信的你，一直知道自己的目標，也很堅定的往這方面努力。只是有時候你對自己太過嚴苛，也許會錯過路上美麗的風景喔，偶爾也要試著放鬆一下。

選擇白色的你

你的個性很單純很天真，沒有什麼心眼，大家都喜歡跟你相處。但有時候，你比較活在自己的世界，容易做白日夢，也喜歡幻想，這點要注意一下喔！

神奇的彩菇占卜

你來到愛麗絲的夢裡，跟著她一起探險，當你來到樹林裡，前方有一大片的蘑菇，這時，第一眼吸引你的蘑菇是什麼顏色呢？

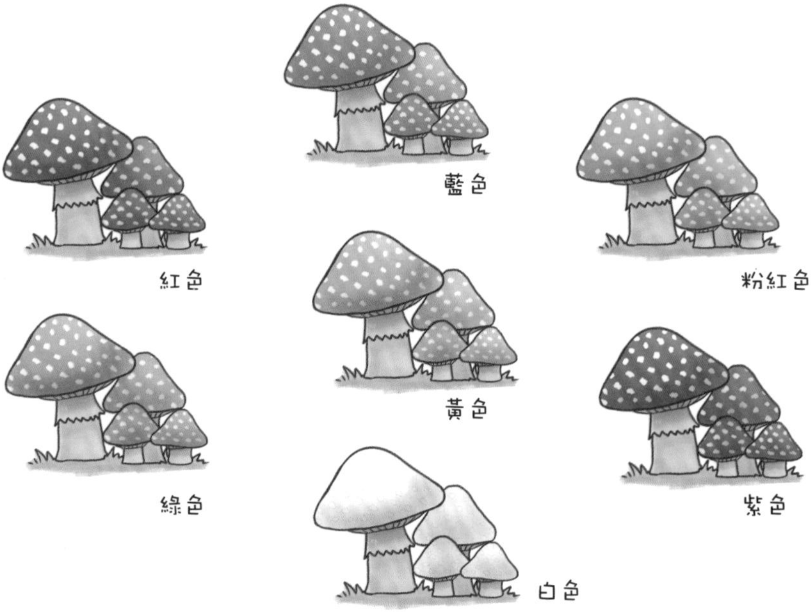

4 鏡子裡的房間

有一天，愛麗絲坐在搖搖椅上打瞌睡時，乖巧的小白貓正由母親黛娜幫忙洗臉，而那隻已經洗好的小黑貓，便趁機玩起愛麗絲剛纏好的毛線球，而且還站在毛線球中央追著自己的尾巴繞圈，結果讓毛線球都散開了。

「哎呀！小咪咪，你這個小壞蛋！」愛麗絲醒來叫了一聲，起身把小黑貓抓起來，輕輕吻了一下，然後抱著貓咪坐回搖搖椅，再次繞起毛線球。

「小咪咪，你有聽到雪花敲打窗戶的聲音嗎？那聲音真是好聽啊！也許是雪花喜歡樹和田野，所以才那麼溫柔的親吻它們吧。而且還替它們蓋上了厚厚一層的白色被子，等它們夏天醒來時，就會換上全新的綠裝，隨

風跳起舞，真是漂亮極了！」愛麗絲高興的大叫，同時拍起手來，於是，毛線球又掉了下去。

「對了，小咪咪，你會下西洋棋嗎？讓我們假裝你是紅棋王后，好嗎？如果你不願意，我就把你放到鏡子裡的房間裡喔，」愛麗絲把小貓對著鏡子舉起來，「來，你看，這就是鏡子裡的房間，它和我們的屋子一模一樣，只不過一切都顛倒了，我好想知道它們在冬天時有沒有生火……。小咪咪！假如我們可以去鏡子裡的房間，那該多好玩啊。也許啊，我們可以假裝有條路通到鏡子裡面，然後鏡子的玻璃變成了氣體，我們就真的可以穿過去了……。」

當愛麗絲自言自語說著話的時候，她發現自己不知怎麼的已經站在壁爐臺上了，而且鏡子也真的開始熔化，就像一團稀薄的銀霧一樣。

很快的，愛麗絲已經穿過玻璃來到鏡子裡的房間，而且她非常高興的發現那裡的壁爐也生著火。她想，「這裡比那邊還要暖和多了，因為這裡沒有人會把我從壁爐邊趕走。啊，多好玩呀。他們可以從鏡子裡看到我，卻沒有辦法摸得到我呢！」

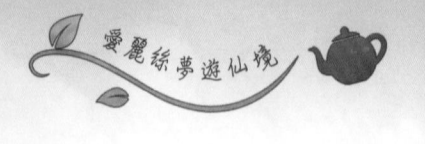

愛麗絲東張西望，發現壁爐爐灰旁有一些西洋棋的棋子，她驚訝的「啊」了一聲，立刻趴在地上觀察。原來，這些棋子正在散步呢！

「這是紅棋國王和紅棋王后，」愛麗絲小聲對自己說，「坐在爐鏟邊的是白棋國王和白棋王后……我猜他們一定聽不見我說話，也看不見我，我就好像隱形人一樣。」

她一面說話，一面把頭低得更貼近他們，這時，桌上突然有什麼東西尖叫了起來。

「小莉莉！我的金枝玉葉！」白棋王后喊了一句，快速跑了過去，結果把白棋國王撞到爐灰裡。接著順著壁爐欄杆瘋狂的往上爬。

「是枯枝爛葉才對吧！」國王摸著撞到的鼻子，不高興的說。

看到小莉莉哭得臉都漲紅了，愛麗絲立刻把白棋王后撿起來，

放到桌上，讓她靠在小女兒身旁。這飛快的移動讓不知所措的王后有點喘不過氣來，等喘息過後，她才對坐在爐灰裡的白棋國王大喊：「親愛的，當心火山爆發啊！」

「什麼火山？」白棋國王驚慌的看著爐火，好像裡面真有一座火山。

「你最好趕緊上來呀，別像我一樣，被……火山噴了上來……。」王后喘著氣說。

愛麗絲看著白棋國王慢吞吞的往上爬，忍不住說：「哎呀！還是我來幫你吧！」於是愛麗絲輕輕的把他拿起來，用比剛才還慢的速度，緩慢的移動國王。白棋國王驚訝得叫不出聲來，眼睛和嘴巴也越張越大，表情非常滑稽。愛麗絲笑到差點讓他掉在地上。

「哈哈，不要再做這個怪表情了，親愛的國王。」愛麗絲邊說邊替國王整理頭髮，然後把他放在王后旁邊。

「哎呀……，」愛麗絲突然想到什麼，「我現在如果不把握時間好好參觀這裡，他們也許很快就會把我送回鏡子那邊去了，我還是先去看看花園長什麼樣子吧。」

愛麗絲說完立刻跑出房間，順著樓梯往下跑。

「要是我能爬到那個小山丘上，就能看到整個花園了。」來到戶外，看著遠方，愛麗絲對自己說，「我想這條路可以一直通到小山丘。」可是不管她怎麼走，轉來轉去總會再回到房子前面來。

「真是太糟糕啦！」愛麗絲叫著，「我從來沒見過這麼愛擋路的房子，從來沒有！」

愛麗絲只好重新換個方向，這次她來到了一個大花壇。

「百合花耶！我真希望你會說話。」愛麗絲開心的對著一朵美麗的花兒說。

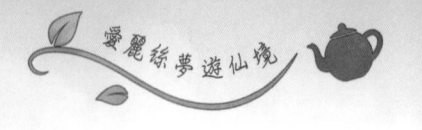

「只要有值得談話的人出現，我們就會開口說話。」百合花回答。

愛麗絲驚訝極了，但是百合花並沒有再說話，只是安靜的在微風中搖曳，於是，愛麗絲好奇的提問：「那所有的花都會說話嗎？」

「說得像你一樣好。」百合花再次開口，「而且比你的聲音還高得多呢。」

「你們怎麼會說話？而且還說得這麼好呢？」愛麗絲好奇的問，「我以前也到過好多花園，可是沒有一朵花會說話。」

「你摸摸這裡的土地，就會明白了。大多數的花園都把花壇的土弄得特別軟，所以很多花總是在睡覺。」百合花回答。

愛麗絲用手摸了一下堅硬的土地，很高興自己知道了這一點，所以繼續問：「這花園裡除了我，還有其他人嗎？」

「還有一朵像你一樣會走來走去的花，」一旁的玫瑰也開口說，「等一下你就可以看見她了，她的頭上還帶著刺。」

「我聽到她的腳步聲了！她正順著石子路向這邊走來。」另一株飛燕草也開口說道。

愛麗絲急忙轉頭望去，發覺原來是紅棋王后，而且比在爐灰裡見到時還高出許多，那時她只有三英吋高，現在卻比愛麗絲還高出半個頭，頭上的王冠看起來刺刺的。

「我想，我最好去迎接她。」愛麗絲說。

雖然這些花都很有趣，可是愛麗絲覺得能跟一個真正的王后說話，那才棒呢！

「那可能有些困難，」玫瑰花開口說：「我建議你往另一個方向走。」

愛麗絲沒有想太多，直接就向紅棋王后走去。奇怪的是，王后一下子就不見了，而她又來到了那間房子的前門。於是她轉過頭來尋找王后，最後看到王后在前面很遠的地方。

「或許我該接受玫瑰的建議。」愛麗絲心想。

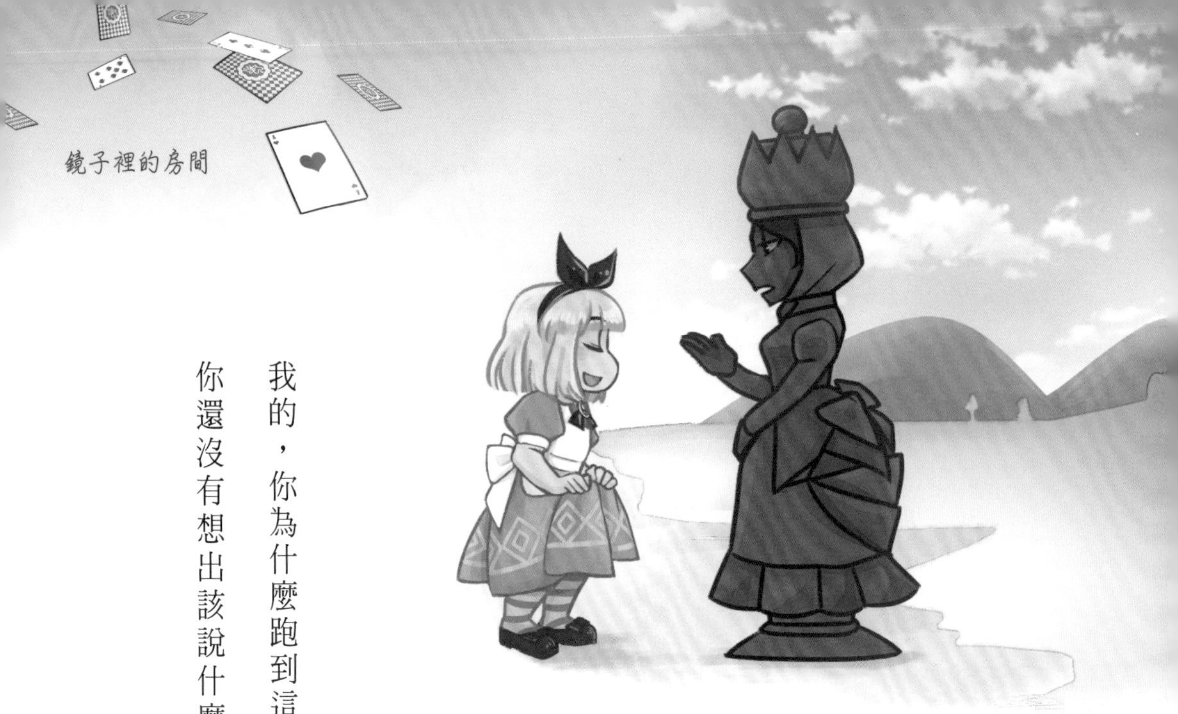

很幸運的，這次成功了，還沒走幾步，愛麗絲就和王后面對面站在一起，而她尋找很久的小山丘也出現在面前了。

「你從哪裡來？要去哪裡？抬起頭來，好好說話！」王后問。於是愛麗絲有禮貌的向王后解釋說她找不到自己要走的路。

「我不懂你說『自己要走的路』是什麼意思，這裡所有的路都是屬於我的，你為什麼跑到這裡呢？」王后說完，口氣緩和了許多，「在你還沒有想出該說什麼的時候，不妨先向我行個屈膝禮，這可以爭取點時間。」

「陛下，我只是想看看花園長什麼樣子……所以想找條路去那座山丘。」愛麗絲非常恭敬的說。

「我可以給你看一些山丘，」王后說，「比起它們，你說的『山丘』只能稱得上是山谷。」

愛麗絲行了個屈膝禮，於是，兩人靜靜的走了一會，不久便來到了山丘頂上。

愛麗絲站在那裡，向四面八方張望。這真是一片奇怪的田野呀！許多小溪從一頭筆直的流到另一頭。每兩條小溪之間的土地又被許多小的綠樹籬笆分成很多小方塊。

「哇，這真像一個大棋盤！啊，上面有一些棋子真的在動！」愛麗斯興奮的自言自語，她的心快樂得都要跳起來了，「這兒正

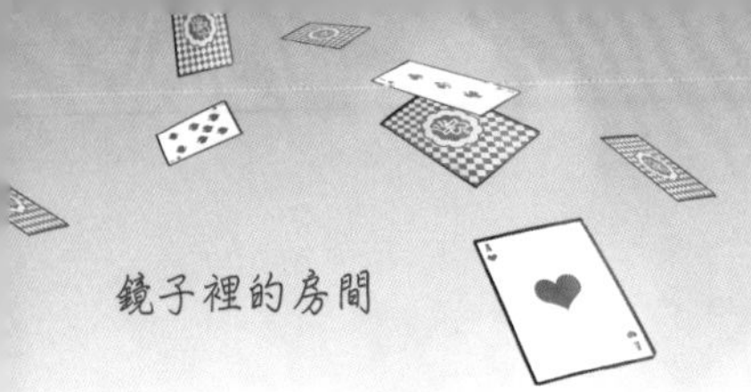

在下一盤西洋棋呢！我真希望自己就是其中的一分子，只要讓我參加，叫我當士兵也沒關係，當然啦，如果可以，我最喜歡的還是當一個王后……。」

愛麗絲說到這，有些不好意思的看著紅棋王后，王后只是微笑對她說：「這沒問題，要是願意的話，你可以做白棋王后的士兵。莉莉實在太小了，不適合參加遊戲。現在，你正在第二格，只要從第二格開始走，等你走到第八格時，就可以晉升為王后了……。」

這時，她們突然手拉手開始跑了起來。王后跑得特別快，愛麗絲得用盡全力才勉強跟得上。但奇怪的是，不管她們跑多快，周圍的樹和其他東西的位置一點都沒改變。

當愛麗絲快筋疲力盡時，他們突然停了下來。愛麗絲坐在地上，驚訝的環視四周，喘了好一會才說：「真奇怪！怎麼我們好像一直待在這棵樹下呢？周圍的一切都和剛才一模一樣耶！」

「當然啦！」王后說，「如果想去別的地方，就必須再快一倍才行。」

「我還是留在原地好了，」愛麗絲有氣無力的說，「我現在又熱又渴。」

「你先休息，我來測量一下。」王后從口袋裡拿出一團標著英吋單位的緞帶，開始在地上測量起來，而且每隔一公尺就釘上一根木樁。

「在前方兩公尺處，我會給你指路。然後在前方三公尺處，我會再說一遍你該怎麼走，免得你忘了。到了四公尺處，我就要和你說再見了。到了五公尺處，我就會離去。」

這時，王后已經把木樁都釘好了。愛麗絲非常感興趣的開始沿

著那些木樁緩慢的向前走，當王后走到兩公尺處的木樁時，回過頭來說：「你明白嗎，士兵第一步應該走兩格。所以，你要搭火車很快的穿過第三個格子，那時你就會發現自己來到了第四格，那裡歸屬於叮噹兄弟。而第五格幾乎都是水，第六格則是歸屬於蛋頭先生的地方。……你不需要記下來嗎？」

「我……我……我不知道自己必須記下……來呢。」愛麗絲結巴起來。

王后用責備的口氣說：「你應該說『感謝你告訴我這些』，好吧，就當作你已經這麼說過了。第七格整個都是森林，在那裡，有一個騎士會告訴你該怎麼走。到了第八格，我們就會一起當王后了。那時候，會有各種好吃的東西和好玩的事情等著你。」

聽完王后的指點，愛麗絲起身行了個屈膝禮，才又坐下。

王后走到下一個木樁時，又回過頭來說：「當你想不起某個東西該怎麼用英語說時，就用法語。走路的時候也要把腳尖朝外。還有，不要忘了你是誰。」

這次，王后沒等愛麗絲行禮，就快速走向下一個木樁，在那裡回過頭來說了聲「再見」，便匆匆忙忙的朝最後一個木樁走去。

當愛麗絲還弄不清是怎麼一回事時，王后已經消失在最後一個木樁。這時，愛麗絲才想起來，自己現在是士兵，該輪到她走了。

「我想，我最好還是從另一邊下去。」觀察過地形後，愛麗絲對自己說，「我得趕緊到第三格去呢！」

於是，愛麗絲快速跑下了山丘，並且跳過了六條小溪中的第一條。

「剪票啦！車票，車票！」一個剪票員把頭探進車窗。一眨眼間，每個人手裡都拿了一張火車票。因為這些票都和乘客一樣大，所以車廂一下子就擠滿了。

「喂，小朋友，把你的票拿出來！」剪票員很生氣的盯著愛麗絲看。

「我沒有票，我來的地方沒有賣票的地方。」愛麗絲有些害怕的說。

「不要為自己找藉口！你應該到火車司機那裡買一張票。」剪票員說完一直盯著愛麗絲看，最後要離開前對她說：「你坐錯車了啦。」

這時，愛麗絲對面坐著一個穿著一身潔白紙衣服的老紳士說：「這麼年輕的小孩就算不知道自己的名字，也應該知道自己要去哪啊。」

「她就算不認得字，也應該知道去哪買票呀！」坐在白衣老紳士旁邊的山羊大聲說。

「她應該被當作行李，從這裡托運回去。」山羊身邊的甲蟲也跟著說。

愛麗絲覺得很奇怪，這個車廂裡全是一些奇怪的乘客，而且還一個接著一個不停的說話。

最後老紳士彎下身體，低聲對愛麗絲說：「親愛的孩子，你不用理他們，只要火車每次靠站，你都買一張回頭票就可以了。」

「我才不買票呢！」愛麗絲有點不耐煩的說，「我根本沒打算坐火車。我剛才還在樹林裡，怎麼現在就跑到這裡了。」

突然，一個小小的聲音又在她耳邊說著：「你知道嗎？關於『如果你能你就會』這件事，你可以拿這個話題來說笑。」

「不要再煩我了，想要笑話你可自己編一個。」愛麗絲說完轉過身去，發現說話的是一隻小雞那麼大的蚊子。

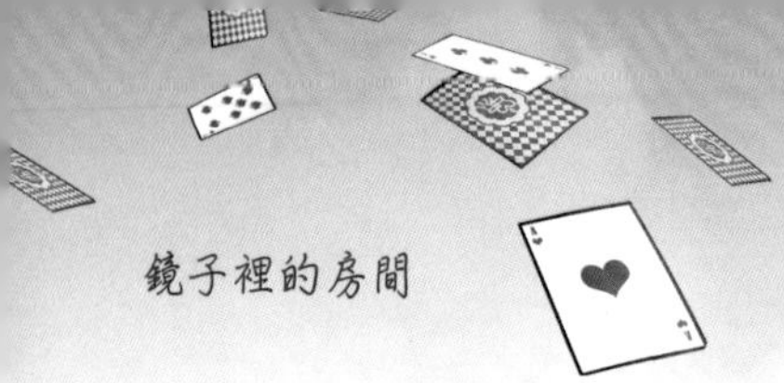

步驟

1 把素色襪子的裡面外翻出來，畫上線稿。

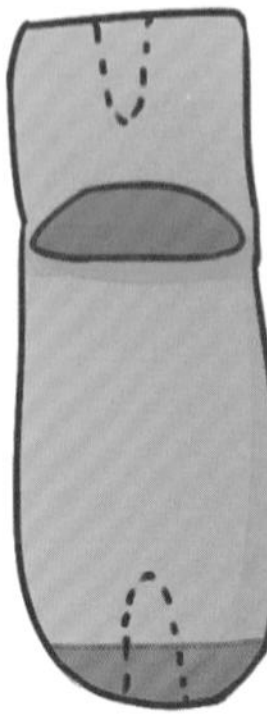

2 上下兩邊剪掉多餘部分。

3 沿著上下剪開的地方，用針線縫合，但要記得留一個洞口暫時不縫合喔，之後要塞入棉花。

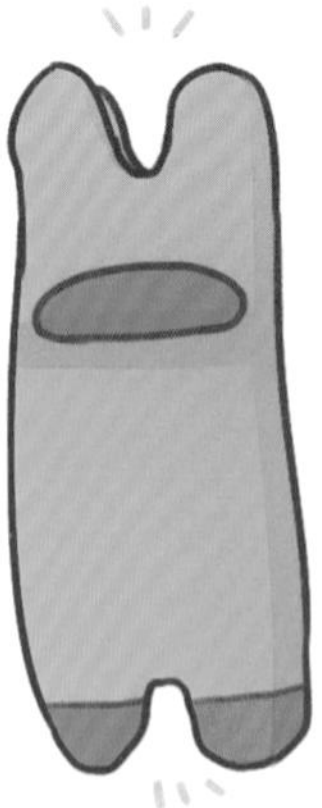

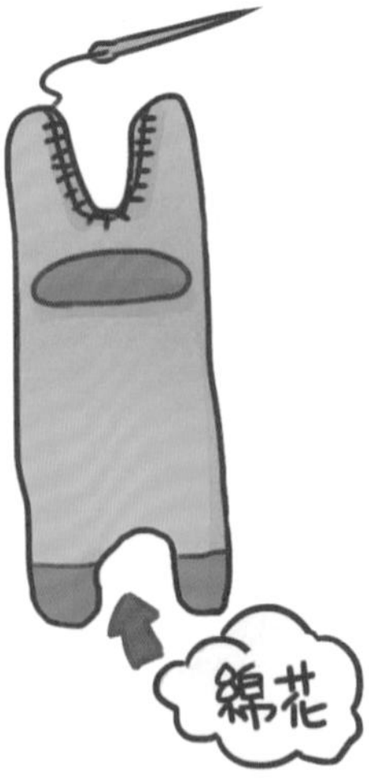

DIY 真有趣

襪！可愛的兔子娃娃

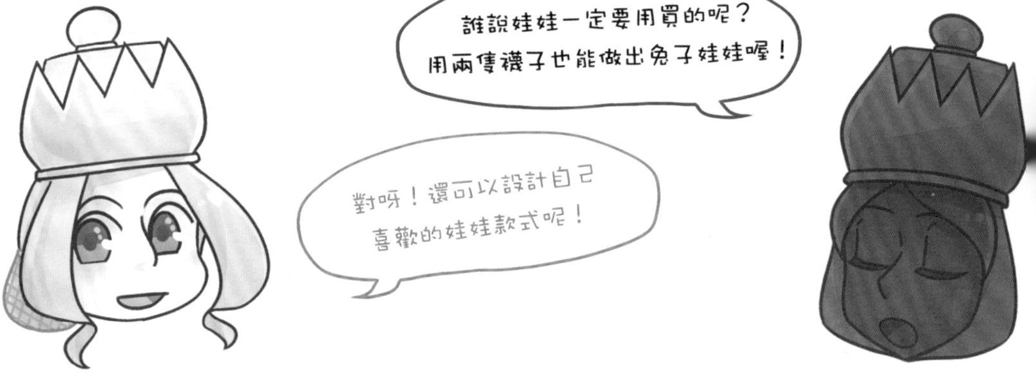
誰說娃娃一定要用買的呢？
用兩隻襪子也能做出兔子娃娃喔！
對呀！還可以設計自己
喜歡的娃娃款式呢！

材料

素色襪子
一隻

花色襪子
一隻

棉花少許

蝴蝶結或釦子一個

7 在兔子背面的屁股部分畫上圓形記號，再用針線順著圓形縫一圈，拉平後即可做成尾巴。

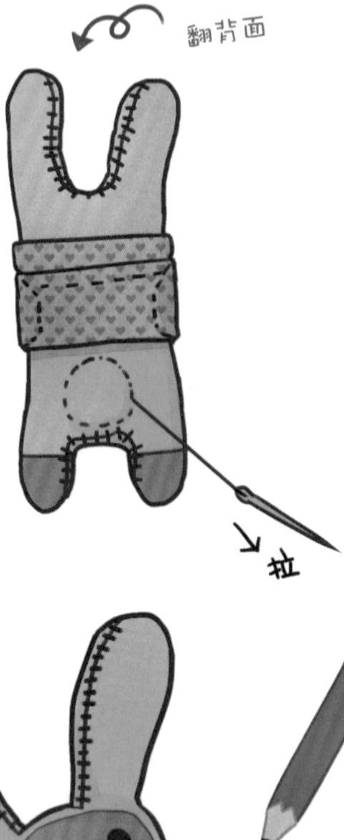

8 最後再用針線縫出臉部表情，兔子襪娃娃完成。

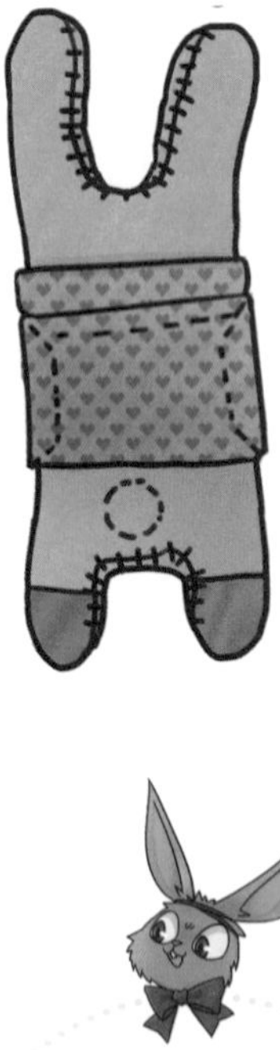

可用色鉛筆點綴。使兔子更活潑可愛喔！

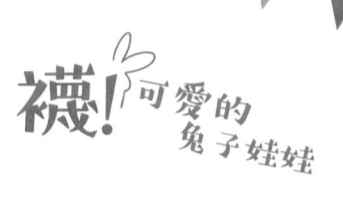

4 把襪子翻回正面，從預留的洞口塞入棉花，最後再將洞口縫合。

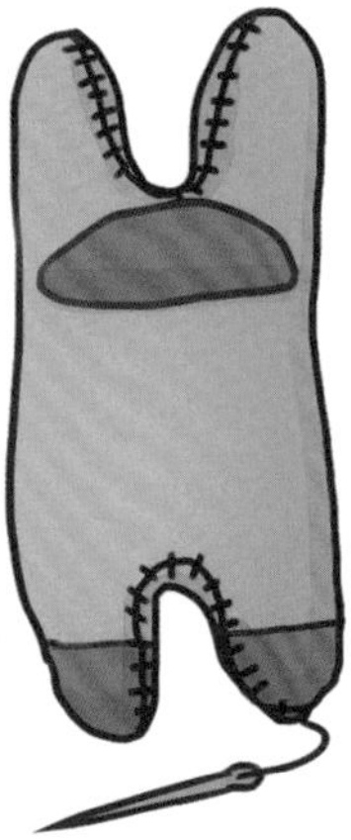

5 另外剪一段適當大小的花色襪子，套在兔子娃娃身上。

6 畫出左右兩邊的手部輪廓，再縫出形狀。衣服正面可以縫上蝴蝶結或釦子。

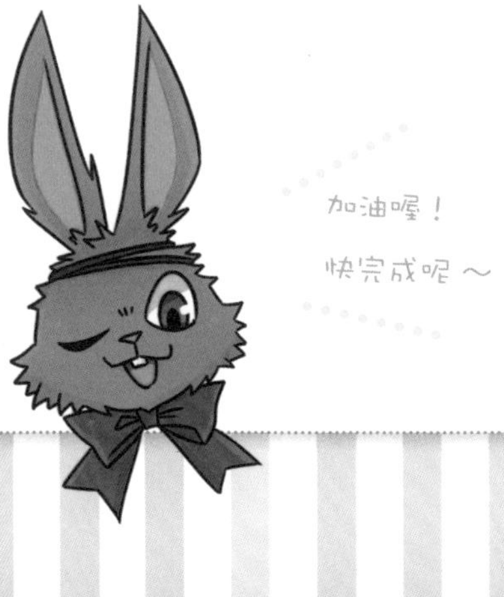

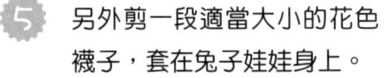

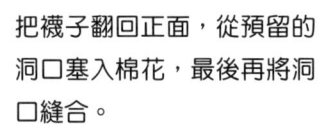

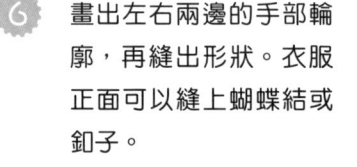

5

叮噹兄弟

火車繼續行駛著，跳過小溪時還發出尖叫聲。愛麗絲覺得奇怪，火車怎麼還會跳呢？不過她很高興，因為火車總算把她帶到第四格了。

忽然，火車垂直的往空中升去，讓愛麗絲受到驚嚇，可是下一秒，她發現自己已經安全坐在一顆樹下，而剛才那隻大蚊子還在樹梢上用翅膀幫她搧風。

「你知道嗎？在那邊的小樹林裡，所有的東西都沒有名字

喔。」蚊子首先開口。

「是嗎？為什麼各種東西都有名字呢？」愛麗絲說。

「我說不上來，」蚊子說，「但，你不會希望丟掉自己的名字吧？」

「當然啦！」愛麗絲有點慌張的說。可是當她聽見蚊子的小小嘆息聲時，抬頭一看，蚊子已經消失不見了。

這時，因為坐得太久，她感到有點冷，於是，她站起來向前走去，很快就走到了一片陰森森的樹林。

「這一定是那個會讓人丟失名字的樹林。」愛麗絲害怕的想，「走進去以後，名字會丟到哪裡去呢？我可不希望丟掉自己的名字啊。」

愛麗絲一邊走一邊自言自語，不知不覺就走進了那個又冷又暗的樹林。

「不管怎麼說，總算又走進一個……咦，走進一個什麼呀？」愛麗絲發現自己想不起該說的字，「我現在是誰呢？我能想起來嗎？不，我一定可以想起來的！」

這時，有一隻小鹿經過，用大而溫柔的眼睛看著愛麗絲，於是她伸手想摸摸他，但是他稍微向後跳了一下，然後又盯著她看。

「你叫什麼名字？」小鹿終於說話了。

「我真希望我知道自己的名字。」可憐的愛麗絲傷心的回答。

「這不可能，你好好想一想。」小鹿鼓勵她說。

愛麗絲想呀想，可是什麼也想不起來。

「那你能告訴我你叫什麼嗎？」愛麗絲有點不好意思的說，「也許這對我會有些幫助。」

「再走過去一點，我就可以告訴你了，在這裡我想不起來。」小鹿說。

於是，愛麗絲摟住小鹿的脖子，一起走出樹林，來到另一片空地。

「我是一隻小鹿。我的天呀！你是一個人類小朋友。」有著美麗棕色大眼的小鹿突然流露出恐懼，說完，他就飛快的跑掉了。

「啊！我想起自己的名字了！愛麗絲，愛麗絲，

我再也不會忘掉了。」看著小鹿跑走，愛麗絲突然對自己說，「可是，我現在又該按照哪個路標走呢？」

對愛麗絲來說，這問題並不難，因為只有一條路穿過樹林，而且路上的兩個路標，統統指著同一個方向，一個寫著「通向腿抖叮的房子」，另一個寫著「由此去腿抖噹的房子」。

就這樣，在繞過一個急轉彎後，愛麗絲看見兩個小胖子迎面走來，彼此用一隻手臂摟著對方的脖子。雖然他們長得一模一樣，但愛麗絲還是一下子就弄清楚誰是誰了，因為一個人的衣領上繡著「叮」字，另一個人的衣領上繡著「噹」字。

「我想，他們衣領後面一定都繡著『腿抖』的字樣。」愛麗絲對自己說。

在愛麗絲盯著他們看的時候，腿抖噹忽然說話了：「假如你認為我們是蠟像，那你就應該先付錢。」

「反過來說，」腿抖叮接著說，「假如你以為我們是活的，就應該先說話。」

「對不起，我很抱歉。」愛麗絲有些慌亂的說，「我想知道怎樣才能走出樹林。你們能告訴我嗎？謝謝你們。」

兩兄弟微笑看著彼此，還互相

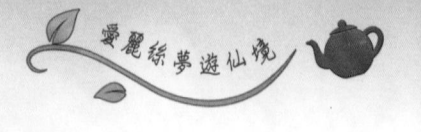

擁抱了一下，接著，他們把空著的手伸出來，準備和愛麗絲握手。

愛麗絲不知道應該先和誰握手才好，因為擔心另一個會不高興，所以她同時握住兩人的手，然後，他們就轉著圈跳起舞來。

「一支舞跳四圈就夠了。」腿抖噹喘著氣說完，他們立刻停了下來。

過了一會，腿抖叮忽然問愛麗絲：「你喜歡詩嗎？」

「很喜歡，有的詩寫得……很好，」愛麗絲有些遲疑的說，「嗯……你可以告訴我怎麼走出樹林嗎？」

「你說我該為她背哪首詩呢？」腿抖叮說完，便和腿抖噹自顧自的討論起來，一點也不理會愛麗絲提出的問題。

「最長的一首。」腿抖噹最後說，說的時候還熱情擁抱了一下腿抖叮。

當腿抖叮開始唸起詩時，愛麗絲大膽但有禮貌的打斷他說：「如果詩很長，能不能請你先告訴我該怎麼走出樹林……？」

腿抖叮沒有回答，只是溫柔的微笑著，繼續把整首詩唸完。

等詩全部唸完後，愛麗絲突然聽到旁邊的樹林傳來聲音，就像火車頭的聲音一樣，可是她怕有什麼其他的野獸。

「那裡有獅子和老虎嗎？」她害怕的問。

「那是紅棋國王在打呼。」腿抖噹一臉輕鬆的說。

「走，我們一起去瞧瞧。」兩兄弟說完，拉著愛麗絲來到了國王睡覺的地方，只見國王戴著一頂高高的紅色睡帽，打呼聲大到讓人吃驚。

「他正在做夢呢，你認為他夢見了什麼？」腿抖叮說。

「這個誰也猜不到。」愛麗絲說。

腿抖叮得意的拍著手說：「他夢見的是你，要是他不是夢見你，你知道你現在會在哪裡嗎？」

「當然是該在哪裡就在哪裡呀！」愛麗絲疑問的說。

「你會消失了啦！你只是他夢裡的人物。」腿抖叮說。

「如果國王醒了，你就會消失了！」腿抖噹接著說。

「亂講！我是真的！」愛麗絲傷心的說，「如果我不是真的，我就不會哭啦！」

「難道你以為你流出來的是真的眼淚嗎？」腿抖嘴說。

「他們一定是在胡說八道。」愛麗絲心想，「我還是趕快走出樹林，現在天越來越暗了。」

這時，腿抖嘴忽然抓住愛麗絲的手腕，眼睛睜大說：「你看見那個東西了嗎？」

腿抖嘴用發抖的手指著樹下一個白色東西。

「那不過是一個又舊又破的撥浪鼓啊。」愛麗絲仔細看了一下回答。

「我知道！」腿抖嘴跺著腳大叫，還用手抓著自己的頭髮，然後狠狠盯著腿抖叮，「它被腿抖叮弄壞啦！」

腿抖嘴決定要和腿抖叮打一架，腿抖叮只能同意，於是兩人跑進樹林，抱來一堆打架用的護具，要愛麗絲幫他們穿上。

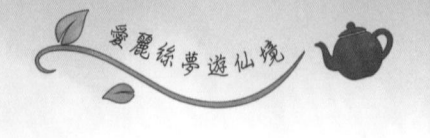

「為了這點小事打架並不值得。」愛麗絲說。

「如果那不是我新買的，我根本就不會在意。」腿抖噹很生氣的說。

「天越來越黑了。」愛麗絲心想，「真希望有辦法阻止他們。」

好像暴風雨就快要來了，所以天黑得非常突然。

「這塊烏雲好大啊。」愛麗絲說，「我還看見他有翅膀呢。」

「那是大烏鴉！」腿抖噹驚慌的尖叫起來。一眨眼，兩兄弟已經逃得無影無蹤了，而愛麗絲也趕緊跑進樹林裡。

奔跑時，愛麗絲抓住了一條被風颳起的披肩，她看看四周，想找到披肩的主人。不久，就看見白棋王后張開雙臂，發瘋似的向她跑去。

「我很高興剛好撿到了你的披肩。」愛麗絲非常有禮貌的迎了上去，還幫王后圍上了披肩。

王后身上的服飾和髮型看起來很亂，她說：「我已經穿了兩小時的衣服……還把梳子纏進了頭髮裡。」

「可以讓我幫

你整理一下披肩嗎？」愛麗絲一邊說一邊幫王后別好披肩，又幫她把頭髮和身上的別針整理好，然後說，「好啦！您現在看起來好多了。我覺得您應該有個侍女才好。」

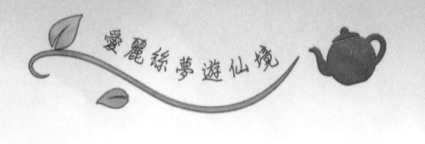

「噢！噢！噢！噢！」王后突然大叫，身子不停顫抖，「我的手指流血了！」

她的聲音就像火車頭在拉汽笛，愛麗絲嚇得趕緊摀住耳朵。

「這是怎麼回事？你的手指劃傷了嗎？」愛麗絲擔心的問。

但是王后卻告訴她：「噢，現在還沒有，可是它馬上就會被劃傷了。」

「什麼時候才會發生呢？」愛麗絲繼續追問，但她卻忍不住想笑了。

「在我別上披肩的時候，因為別針馬上就要鬆開了。」這時，

別針剛好鬆開，王后趕緊抓住它，想別好它，手指就被劃傷了。

「你瞧，這就是剛才我手指流血的原因」王后微笑著說。

「那你現在為什麼不叫了呢？」愛麗絲好奇的問，並準備隨時用手摀住耳朵。

「我剛才叫過了呀，」王后說，「再叫一遍有什麼意義呢？」

這時，烏雲終於散去，天也亮了起來。一陣大風吹來，王后的披肩又被刮過小溪，她張開雙臂，就像飛翔似的追著披肩跑。

「我抓住它了！」這次王后自己抓住它，得意洋洋的喊：「你看，我自己別好了……咩……咩……。」

王后的聲音突然變得像綿羊在叫，讓愛麗絲嚇了一跳。

愛麗絲使勁揉著眼睛，發現王后好像突然裹進一團羊毛裡了，而自己正站在一間小雜貨店裡，對面的櫃檯有隻老綿羊，正坐在

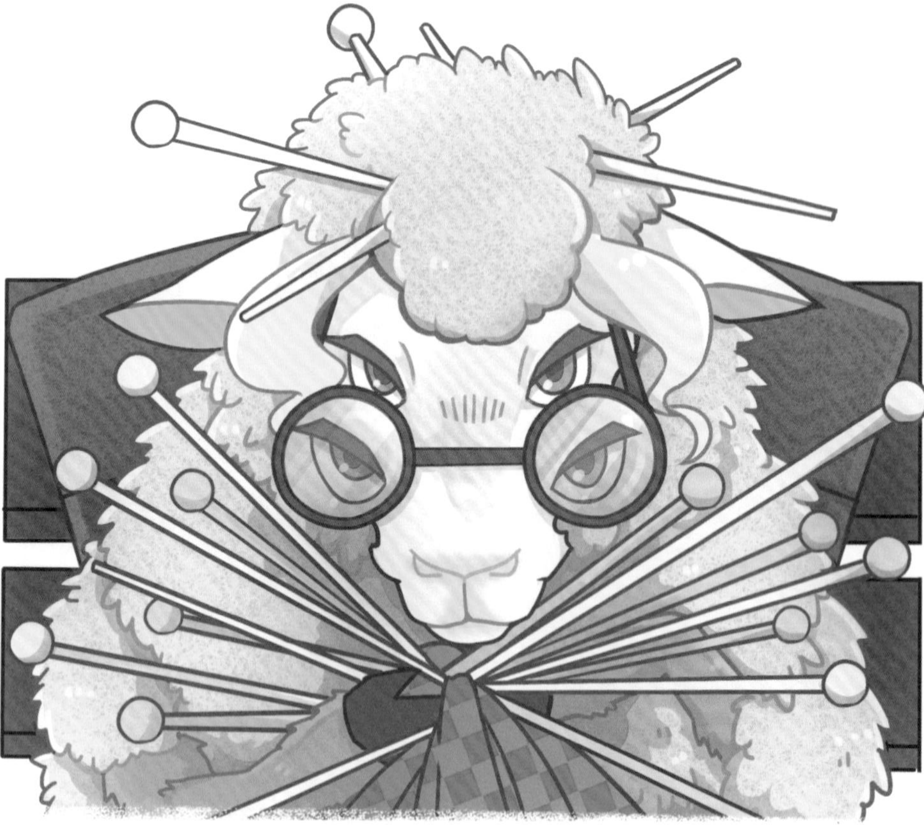

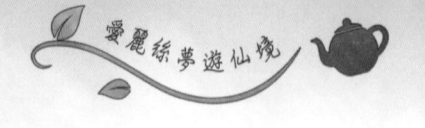

搖搖椅上打著毛線，還透過一副大眼鏡盯著她。

「你想買什麼？」綿羊打量著她，終於發問了。

「我還不知道，如果可以，我想先看一看。」愛麗絲彬彬有禮的說，然後驚訝的發現，綿羊居然用十四對鉤針在編織毛線。

「她怎麼能一下子用那麼多呢？」愛麗絲心想。

「你會划船嗎？」綿羊一邊問一邊拿出一對鉤針給愛麗絲。

「會一點……。」愛麗絲剛說完，手裡的鉤針馬上就變成了船槳，她和綿羊正坐在一艘小船上。

「羽毛！」綿羊生氣的喊著，同時又取出一大捆鉤針。

「什麼羽毛？我又不是鳥！」愛麗絲說。

「你是的，你是一隻鵝！」綿羊說。

聽綿羊這樣說愛麗絲有點不高興，所以他們有一段時間什麼話也不說。但小船沒走多遠，有一根船槳就黏在水裡「不願意」出來了。船槳的柄打到了愛麗絲的下巴，讓她痛得大叫，幸好沒受傷。但綿羊繼續打著毛線，好像什麼事都沒有發生過。而愛麗絲發覺自己仍然坐在小船上，也就放心了。

「我這裡什麼都有。」綿羊再度開口，「你到底要買什麼？」

「買什麼？」在一陣驚訝中，愛麗絲又回到了那個陰暗的小店裡，船啊、槳啊、小河啊，一下子都消失了。

「我想買一顆雞蛋。」愛麗絲膽怯的說。

「五便士一顆，兩便士兩顆。」綿羊說。

「為什麼兩顆比一顆還要便宜呢？」愛麗絲好奇的問。

「就是這樣，如果你買兩顆，就要把兩顆給一起吃下去！」綿羊說。

「這樣呀，那我就買一顆吧，謝謝！」愛麗絲說著，把錢放到櫃檯上，心想：「這些蛋不一定都是好的吧？」

綿羊把錢放進一個盒子說：「你必須自己去拿。」

話一說完，綿羊就到小店另一頭拿了一顆蛋，把它立在一個貨架上。但是，愛麗絲走過去拿蛋時，小店就變成了樹木和小溪，那顆蛋也變得越來越大，而且越來越像人。當愛麗絲走到離蛋只有幾步遠的時候，她看到那顆蛋上有眼睛、鼻子，還有嘴巴。

「哇！他真像一顆蛋呀！他應該就是蛋頭先生！」愛麗絲大聲的說。

「氣死我了！你竟然說我是蛋！」蛋頭先生氣呼呼的抱怨著。

「先生，我是說你看起來像蛋，你知道的，有些蛋真的很漂亮。」愛麗絲輕柔的讚美著。這時，蛋頭先生才咧嘴笑了起來，

然後俯下身子，向她伸出了手。

愛麗絲握了握蛋頭先生的手，然後聽到他問：「你叫什麼名字啊？」

「我的名字叫愛麗絲。」愛麗絲回答。

「你幾歲了？」蛋頭先生又問。

「七歲又六個月了。」愛麗絲算了算說。

「哦，七歲又六個月，一個多麼不愉快的年齡啊。假如你徵求我的意見，我會說『就停在七歲上』，但是現在太晚了。」蛋頭先生說。

「我認為一個人是不可能阻止年齡增長的。」愛麗絲說。

「一個人或許不能，」蛋頭先生說，「可是兩個人就能了。只要有適當的幫助，你就可以停在七歲上了。」

愛麗絲想，年齡已經談得夠多了，該由她來換一個話題了。於是，她很認真地看了看蛋頭先生說：「你的腰帶多漂亮呀！」緊接著，她又急忙更正：「啊，對不起，多美麗的領巾呀，我想我該這麼說的……哦，不是領巾，我意思是……請原諒，請……。」

糟了，愛麗絲又得罪了蛋頭先生，她開始後悔選了這個話題，但沒辦法，她真的不知道怎麼分辨他的脖子跟腰。

「豈有此理！竟然有人分不清領巾和腰帶！」蛋頭先生再次開口時，他簡直是在咆哮。

愛麗絲很誠懇的道歉後，蛋頭先生的口氣才變得柔和一些：「這是領巾，是白棋國王和王后送我的禮物。」

「我們的談話結束了嗎？」愛麗絲小心翼翼的問。

「結束了，再見。」聽見蛋頭先生冷漠的說，愛麗絲覺得自己

應該走了，再待下去就不禮貌了。於是，跟他道別後，就安靜的離去。

突然，一聲巨響震動了整個樹林，愛麗絲躲在一棵樹後面，看見整個樹林擠滿了一大群士兵。他們有走路的，也有騎著馬的，但是，他們走得東倒西歪，而且只要有一個士兵跌倒，很多士兵就跟著倒在他身上。

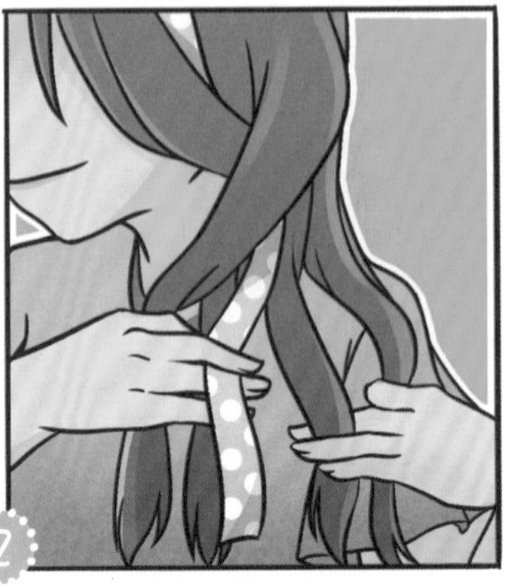

2. 把緞帶及頭髮一起分成三股，往下編成辮子。

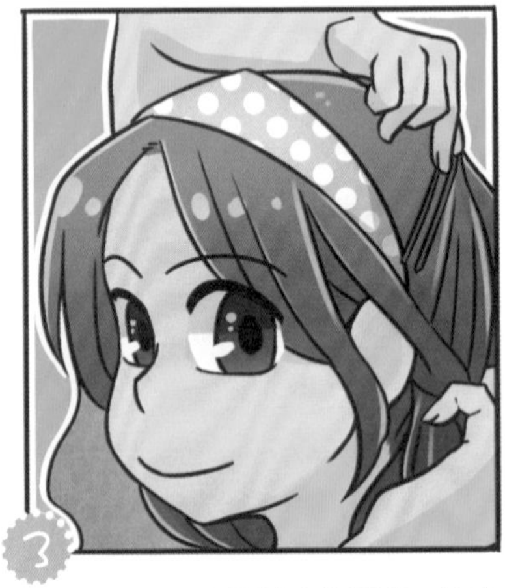

3. 頭髮較少的那邊，取少許髮絲，再用夾子固定遮蓋緞帶尾端。

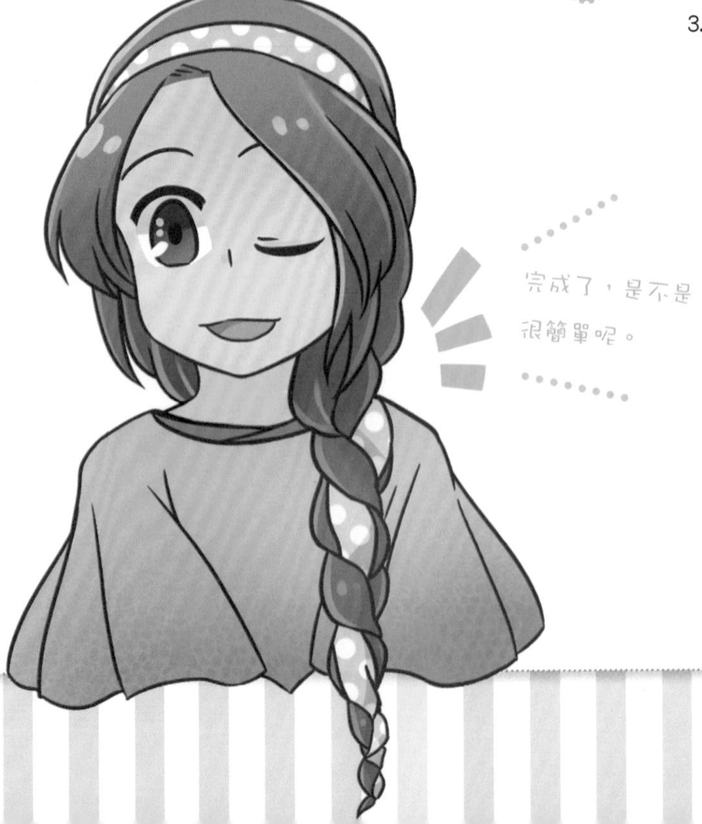

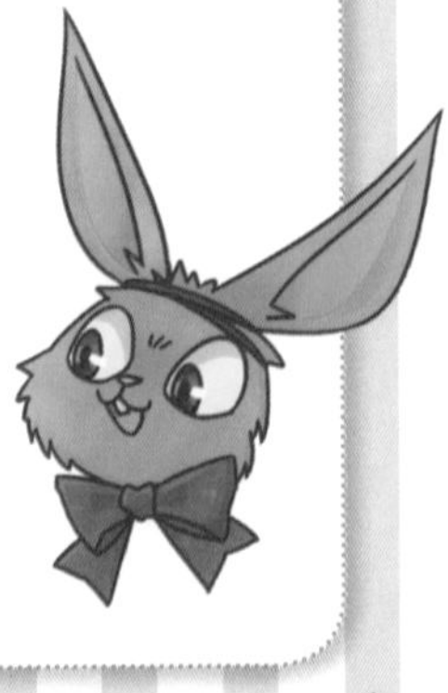

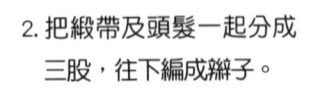

我也是愛麗絲

只要利用緞帶或髮帶，再加上簡單的整髮動作，
你也可以是美麗又俏皮的現代愛麗絲喔！

編髮步驟

1. 將頭髮旁分。緞帶的尾端用黑色髮夾固定在頭髮較少的那邊。然後緞帶由頭上繞過到另一邊。

6

愛麗絲女王

不久之後，愛麗絲離開樹林，在一片空地上看到白棋國王，他正在等他的信差回來，跟他說說城裡發生了什麼事。

過了一會，信差回來了，他告訴國王，獅子和獨角獸又來爭奪王冠了。

「可笑！王冠始終都是我的。我們跑過去看看吧。」國王說。

於是愛麗絲她們跑得氣喘吁吁，到了城裡只看到人群中，獅子和獨角獸正打得難分難解。等他們停下來喘氣時，國王便趁機宣布：「休息十分鐘！」

這時，愛麗絲突然大喊：「快看那邊！是白棋王后，她跑得好快呀！」

「應該被敵人追著。」國王說。

「你不用去救她嗎？」愛麗絲問。

「不用，她跑得飛快。」國王回答。

然後，獨角獸來到他們面前說：「我這次表現真棒呀！」

可是當他看見愛麗絲時，卻把她當作神話裡的怪物，於是愛麗絲忍不住笑了出來，對他說：「我也一直把獨角獸當作神話裡的怪物呢！」

「好吧，那就當我們已經認識了！」獨角獸說完轉向國王，繼續說，「老頭，拿李子蛋糕來！我不要黑麵包。」

於是國王讓信差準備，不久，那頭獅子也走了過來，但他看起來又睏又累。當他看到愛麗絲時，也不知道她是什麼，只聽到獨角獸說她是神話裡的怪物，所以就對愛麗絲說：「那麼，怪物，一起來吃李子蛋糕吧。」

坐在兩隻大動物之間，國王明顯感到不自在。獨角獸看著王冠對國王說：「為了這頂王冠，我們現在來較量一番，怎麼樣！」

「怪物，你快點切蛋糕呀！」獅子對愛麗絲咆哮。

愛麗絲坐在小溪邊，膝蓋上放著大盤子，認真的切著蛋糕。聽到獅子這麼說，她忍不住抱怨：「真氣人，我已經切了好幾塊了，可是它們又重新合在一起了。」

「你要先拿著蛋糕轉一圈，然後再切。」獨角獸說。

愛麗絲照著做，蛋糕果然就自動分成了三塊。但是，震耳欲聾

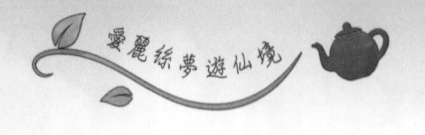

的鼓聲突然響起，讓愛麗絲很害怕，所以她站了起來，趕緊跳過了小溪，然後跪下，用手掩著耳朵。

沒過多久，鼓聲漸漸消失了。愛麗絲抬起頭來，驚訝的發現，周圍已經一個人都沒有了。

突然，她聽到一聲大喊：「站住！你是我的俘虜了！」

一位穿著深紅盔甲的騎士，揮舞著一根大棍棒，騎著馬飛奔過來。接著，又出現一位白騎士，他也大喊：「不要動！我來救她！」

「好，那麼我們必須為她打一仗了。」紅騎士說。

這場戰鬥最後以雙方一起頭著地摔下馬來而結束。他們再次爬起時，就互相握手，隨後紅騎士上馬，飛馳而去。

留下來的白騎士，氣喘吁吁的對愛麗絲說：「你只要跨過下一條小溪就會成為女王了。我會完成我的任務，把你安全送到樹林盡頭。」

「非常謝謝你。」愛麗絲覺得很感激，可是，她後來發現白騎士好像不是很厲害，因為，只要馬突然站住或起步，他就會向前或向後滾落下來。

「我覺得你騎馬的經驗不是很多。」愛麗絲邊說邊扶著他上馬，這已經是第五次了。白騎士聽了不是很開心，所以他說自己有非常豐富的騎馬經驗，可是說著說著，他又再次摔了下來，一頭栽進一個深溝裡。

愛麗絲跑到溝邊，抓住他的腳，把他拉起來。再回到馬上後，白騎士便開始唱起歌來，愛麗絲似夢非夢的聽著那憂鬱的歌聲。

唱到最後，騎士收起了韁繩，對著他們來的那條路，掉轉馬頭。然後他說：「已經不遠了，你下了小山丘，過了小溪，就可

以成為女王了。不過，你願意等一下，看著我先走嗎？」

「我願意，」愛麗絲說，「很感謝你送我這麼遠，也很感謝你為我唱那首我喜歡的歌。」

愛麗絲和白騎士握了握手，看他騎著馬緩慢離開。到了轉彎處，她向他揮了揮手帕，直到他的身影消失。然後她轉過身來，跑下了小山丘。

「第八格了！」愛麗絲喊著跳過了小溪，在一片柔軟的草地上躺下休息，「終於到了這裡，好開心呀！咦？頭上這個東西是什麼呢？」

愛麗絲很驚訝的用手去摸，等她拿下來後，才發現原來這是一頂黃金做的王冠。

「太好了！沒想到我這麼快就成為女王了！」愛麗絲興奮的大

喊，然後又嚴肅的對自己說：「女王不該這樣慵懶的躺在草地上，女王應該威嚴一點。」

於是，愛麗絲站起來，開始練習走路的儀態。當她再坐下時，突然發現紅棋王后和白棋王后坐在她身旁，但是她一點也不感到驚訝，只是很好奇她們是怎麼出現的：「你們可以告訴我……。」

「只有別人跟你說話時，才可以說話！」紅棋王后立刻打斷她的話。

「可是，假如每個人都按這條規則去做，」愛麗絲直接說出自己的困惑，「那就誰也不說話了，所以……。」

「太可笑了！」紅棋王后喊道，「孩子，難道你不明白嗎？除非你通過了嚴格的考核，否則你不可能成為女王的。」

愛麗絲沒有爭辯，於是，白棋王后打破沉默，對紅棋王后說：

「今天下午我邀請你來參加愛麗絲的晚宴。」

「我也邀請你。」紅棋王后微笑說。

「我怎麼不知道我要舉辦宴會？如果要舉辦的話，也應該是我來邀請客人啊。」麗絲感到非常驚訝。

「我們給你機會做這件事。但是我敢說，你還沒有上過多少禮節儀態的課。」紅棋王后說。

「那些又不是在課程裡教的，學校課程教的應該是算術之類的東西。」愛麗絲說。

「那你會加法嗎？一加一加一加一加一加一加一加一加一加一是多少？」白棋王后問。

「我……。」愛麗絲剛開口，紅棋王后就打斷了她的話。

「她根本就不會。」紅棋王后說完又問，「那你懂語言嗎？

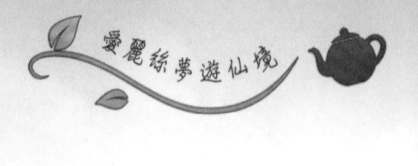

fiddle-dee-dee 的法語怎麼說？」

「fiddle-dee-dee 不是英語。」愛麗絲說。

「誰說是那是英語了？」紅棋王后說。

愛麗絲突然靈機一動，對她說：「如果你告訴我 fiddle-dee-dee 是什麼語言，我就告訴你法語怎麼說。」

可是，紅棋王后卻說：「王后是不會討價還價的。」

「你們別吵了！」白棋王后說，「我累了。」

「真可憐，她累了，」紅棋王后說，「讓我來唱首柔美的催眠曲吧。」

於是白棋王后把頭靠在愛麗絲肩上，昏昏欲睡。不久紅棋王后唱完了，也把頭靠在愛麗絲的另一邊肩上，對愛麗絲說：「來，換你唱給我聽吧，我也累了。」

不一會兒，兩位王后都睡著了，還發出了鼾聲。鼾聲越來越清晰，而且越來越像一種曲調，愛麗絲想再聽清楚時，她突然發覺自己站在一座拱門前，門上還用大寫的英文字母寫著「愛麗絲女王」。門的兩側各有一個拉鈴，一個標示「賓客用鈴」，另一個標示「僕人用鈴」。

愛麗絲很困惑，心想：「不是應該有個『女王用鈴』嗎？」愛麗絲試著拉鈴也試著敲門，但門都還是緊閉著，沒辦法進去。這時一隻青蛙來到門前，用腳踢了一下門，門就突然打開了。門打開之後，裡面就傳來了歡迎愛麗絲的歌聲以及熱鬧的歡呼聲。

愛麗絲走進大廳，看到裡頭大約有五十位各種各樣的客人，有些是飛鳥，有些是走獸，中間還有幾位鮮花。

「真高興他們沒等我邀請就來啦！」愛麗絲想，「說真的，我還弄不清楚到底應該邀請誰呢！」

桌子的主位放了三張椅子，紅棋王后和白棋王后已經搶先占了兩張，於是，愛麗絲只好坐在兩人中間。

「你已經錯過湯和魚了，」紅棋王后說，「現在上道肉吧！」

接著，侍者就在愛麗絲面前放上一隻羊腿。

「你看起來有點害羞，就讓我為你介紹吧！愛麗絲，這是羊腿，羊腿，這是愛麗絲。」紅棋王后說完，那隻羊腿就從盤子裡站了起來，向愛麗絲微微鞠躬。愛麗絲還了禮後，對這件事，不知道該是驚還是喜。

「讓我切一片給你吧！」就在愛麗絲準備拿起刀叉時，紅棋王后立刻阻止她。

「你怎麼可以切我剛介紹給你認識對象！」紅棋王后說完就讓侍者端走了，接著，又端來一個巨大的葡萄乾蛋糕布丁。

「這你不用幫我介紹了，不然我要餓肚子了。」愛麗絲趕緊搶先說。

但是紅棋王后一臉生氣，馬上大吼：「布丁，這是愛麗絲，愛麗絲，這是布丁。把布丁端走吧。」

於是侍者又把布丁端走了。

「為什麼只有紅棋王后可以發號施令？」愛麗絲心想，所以她決定做個實驗，對侍者說：「把布丁送回來。」

那瞬間，就像是變魔法一樣，布丁又回到了愛麗絲面前。可是當愛麗絲切下一塊布丁時，布丁立刻大叫：「你真是太無禮了！如果我從你身上切下一塊，你有什麼感覺？」

一時之間愛麗絲不知該怎麼回答才好，只能尷尬的看著他。

「來。讓我們為你乾杯！」紅棋王后突然說話，然後大聲說：

「讓我們祝愛麗絲女王健康！」

接著，所有的賓客都開懷暢飲，於是，紅棋王后皺著眉頭對她說：「你應該說些有禮貌的致詞，向大家致謝！」

「謝謝各位今天來參加……。」愛麗絲開始講話時，兩位王后開始使勁擠她，差一點把她擠到空中，讓她只能盡力抓住桌子。

結果白棋王后突然抓住她的頭髮尖叫：「你要小心！馬上就要發生什麼事了！」

隨後，各式各樣的事情都一起發生了！蠟燭全都跑到天花板上，酒瓶長出了翅膀，到處亂飛，刀叉也長了腿，到處亂跑。

然後，愛麗絲又聽到身邊有嘶啞的笑聲，轉過身去，卻看見一隻羊腿坐在白棋王后的椅子上。

「我在這裡呀！」湯碗裡發出了喊聲。

愛麗絲聞聲轉頭過去，正好看到白棋王后善良的臉，笑著消失在湯裡。

不過一下子，什麼都變了，好幾位客人都倒在盤子裡，而湯勺卻在餐桌上向愛麗絲走過來，還很不耐煩的揮手要她讓路。

「我再也不能忍受了。」愛麗絲邊喊邊跳起來，還用手抓住桌布。沒想到，當她用力一拉，那些盤子、客人、蠟燭，全都滾在一起，在地板上堆成一堆。

愛麗絲認為這一切惡作劇的根源就是紅棋王后，所以她轉身要對紅棋王后發怒。沒想到，王后已經縮小成一個小娃娃的樣子，正在桌上歡樂的追著自己的披肩轉圈圈。

「至於你呀！我要把你變成一隻小貓。」愛麗絲把紅棋王后從桌上拿起來，用全身的力氣搖晃她。王后沒有反抗，只是臉變得很小很小，眼睛卻變大變綠，而且身體變得更軟……更圓……更矮……更胖……更……。

……原來，王后就是一隻貓。

愛麗絲揉了揉眼睛說：「陛下，你打呼不該這麼大聲啊！你把我從美妙的夢中驚醒了！你已經跟著我經歷了鏡子裡的世界。親愛的小咪咪，你明白嗎？」

然後，愛麗絲就從桌上的西洋棋中找出了那個紅棋王后，再把小咪咪和紅棋王后放在一起，讓她們互相對看。

「小咪咪，」愛麗絲得意的拍著手叫道，「承認吧，這就是你所變的樣子！」

接著，愛麗絲把貓舉起來吻了一下說：「記住，這是祝賀你曾經當過紅棋王后喔！」

「小雪花，我的寶貝，」愛麗絲轉頭看著小白貓，他還在接受媽媽的梳洗，「黛娜什麼時候才能幫你這位白棋陛下梳洗完畢呢？這大概就是為什麼你在我夢中總是那麼不整潔的緣故吧！黛娜，你正在幫白棋陛下擦臉喔！你這樣太失禮了！」

「咦？那黛娜變成什麼呢？」愛麗絲一邊自言自語，一邊舒服的趴下，用手臂托著下巴，「告訴我，黛娜，你變成了什麼呢？是不是蛋頭先生呢？」

愛麗斯接著說：「現在，小咪咪，讓我們想想夢裡出現過誰呢？你說，剛才的夢境到底是我的還是紅棋國王的呢？是他跑到我的夢裡來……還是我加入他的夢裡呢？」

那隻調皮的小貓只是繼續舔著手，假裝沒聽見愛麗絲說話。

到底，是誰夢見了誰呢？

夢境分享

你是不是跟愛麗絲一樣，
也做過許多有趣的夢呢？想一個你覺得很有趣的夢，
把它說出來跟大家一起分享吧！

1 夢裡有哪些人物呢？他們都是你認識的人嗎？請試著描述。

2 夢中的事發生在白天或晚上呢？是在什麼地點呢？請試著描述。

3 夢裡發生哪些有趣的事情呢？請試著跟大家分享。

想一想，說一說

故事探討

親愛的小朋友，故事看完了！是不是很精采呢？
現在，就讓我們一起來探討與分享吧！

1. 故事裡的角色，你最喜歡誰呢？請寫下你喜歡的原因。

2. 故事裡的劇情，你最喜歡哪一段呢？請寫出喜歡的原因。

想一想，說一說

2 如果你是兔子先生，你會穿著怎樣的宴會服裝呢？

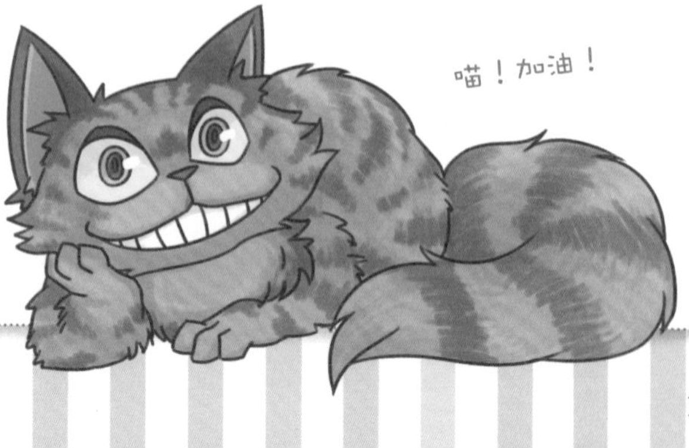

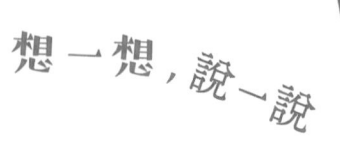

DIY 真有趣

趣味繪圖

1 如果你是愛麗絲，你希望自己是什麼風格的裝扮呢？

試著選一個畫畫看，

並且跟大家分享你畫的圖吧！

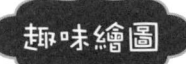

珍愛名著選 3

愛麗絲夢遊仙境 Alice in Wonderland

作　　者	路易斯・卡羅 Lewis Carroll
編　　著	梁羽晨
插　　畫	默筠
總 編 輯	徐昱
主　　編	黃谷光
編　　輯	黃谷光
封面設計	季曉彤
執行美編	小六樓
出 版 者	悅樂文化館
發 行 者	悅智文化事業有限公司
地　　址	新北市板橋區板新路 206 號 3 樓
電　　話	02-8952-4078
傳　　真	02-8952-4084
電子郵件	insightndelight@gmail.com
粉絲專頁	www.facebook.com/insightndelight
戶　　名	悅智文化事業有限公司
郵政劃撥帳號	19452608

2018 年 10 月 初版一刷　定價 280 元

國家圖書館出版品預行編目 (CIP) 資料

愛麗絲夢遊仙境 / 路易斯・卡羅 (Lewis Carroll) 原著；
梁羽晨編著；默筠插畫 . -- 初版 .
-- 新北市 : 悅樂文化館出版 : 悅智文化發行，2018.10
160 面；17×23 公分 . -- (珍愛名著選；3)
譯自 : Alice in wonderland
ISBN 978-986-96675-4-8(平裝)

873.59　　107015993